DU MÊME AUTEUR

Les silences de l'histoire. Les mémoires français du XVIIe *siècle*, Presses de l'Université Laval, 2001 ; Éditions Hermann, 2016.

Le jardin clos, Éditions Trois, 2003.

L'école de la gourmandise, de Louis XIV à la Révolution, Éditions Desjonquères, 2008.

Mémorialistes français du règne de Louis XV. Bibliographie, Presses de l'Université Laval, 2011.

Frédéric Charbonneau

Traversées

récit

LEMÉAC

Ouvrage édité sous la direction
de Pascal Brissette

Les citations de Rainer Maria Rilke contenues dans ce livre proviennent de « Orphée. Eurydice. Hermès », *Nouveaux poèmes* (première partie), traduction de Loránd Gáspár, dans *Œuvres 2. Poésie*, Paris, Éditions du Seuil, collection « Le don des langues », 1972, p. 214 à 216. Quant à la citation de Blaise Pascal reproduite en quatrième de couverture, elle provient de *Pensées*, 83 [115], dans *Œuvres complètes*, texte établi et annoté par Jacques Chevalier, Paris, Éditions Gallimard, collection « Bibliothèque de la Pléiade », 1954, p. 1104.

Leméac Éditeur remercie le Conseil des arts du Canada, le gouvernement du Canada, la Société de développement des entreprises culturelles du Québec (SODEC) et le Programme de crédit d'impôt pour l'édition de livres du Québec (Gestion SODEC) du soutien accordé à son programme de publication.

Canada

ISBN 978-2-7609-4798-6

4609, rue D'Iberville, 1er étage, Montréal (Québec) H2H 2L9
Dépôt légal – Bibliothèque et Archives nationales du Québec, 2019

Mise en pages : Compomagny

Imprimé au Canada

Le temps me remonte à la gorge. Les souvenirs surgissent comme des eaux. Pourtant, rien de tout ceci n'est lié à mon passé : cette vieille que je croise, cette voiture, cet arbre, que me rappelleraient-ils ? Ce n'est pas une impression de déjà-vu. On dirait plutôt que ma vie reflue, que son mouvement s'est inversé. Comme si c'était la fin déjà. Comme si j'étais au seuil d'une maladie grave, d'une crise qui allait m'emporter ; quelque chose s'allume en moi comme un signal pendant que le caillot se bloque, que la veine se dilate dans l'ombre, un oracle dont je ne saisirai peut-être le sens qu'après coup. Non, la réduction du moral au physique est trop simple. Alors quoi ? ces fragments de mémoire qui font surface, que sont-ils ?

Il est étrange en tout cas que ce soient les sursauts d'une faculté qui s'amenuise : de grands morceaux de mon passé sont à présent tapis dans l'ombre, je ne les trouve plus quand je les cherche, ils me fuient, se terrent et disparaissent ; à la fin, je ne les cherche plus, j'oublie même qu'ils sont là. Je serai un jour comme ces manuscrits de la mer Morte dont des lambeaux seuls nous sont parvenus, réchappés du désastre, et ce sera là ma vérité définitive. J'espère qu'elle ne sera pas réduite à ces souvenirs bizarres : notre vieux pot à biscuits auquel je ne cesse de penser, le piano de *Sol et Gobelet* qui me poursuit dans sa course endiablée. Le pot de céramique avait la forme d'une chouette ; il était ocre et laid, mais il me paraissait inépuisable. Nous avions à la maison d'autres objets de même figure, parmi lesquels une horloge de bois – dont les yeux indiquaient les heures et les minutes – et une tapisserie ; j'ignorais tout de Minerve, on m'avait seulement dit que la chouette était l'oiseau des philosophes. J'ai retrouvé l'horloge avec surprise, dimanche dernier chez mes parents, dans le fouillis de la bibliothèque, toute petite et qui ne fonctionne plus. J'ai demandé ce qu'était devenu le pot à biscuits, mais maman ne le savait pas ; papa avait oublié jusqu'à son existence. Ann m'a regardé d'un œil intrigué. En marchant, sur le chemin du retour, je lui ai parlé de ce reflux de mes souvenirs d'enfance ; nous étions plongés dans l'obscurité, sous les frondaisons d'arbres en arceaux où bougeait une lueur de place en place, un réverbère, un phare, qui nous parvenait comme diffractée par une eau tiède ; je ne la regardais pas, je parlais du malaise de cet envahissement, de ma désorientation et de ma fatigue. Elle m'écoutait en silence, cela m'a apaisé. Nous nous sommes attardés au parc, près du bassin dont nous avons fait le tour avant de rentrer.

Lorsque je suis arrivé cet après-midi, Ann se tenait droite derrière la table où se trouvaient les légumes d'un *stew*. Elle m'a souri; elle semblait fatiguée. Elle avait passé la journée à tâcher de disposer ses œuvres dans l'espace trop exigu de la galerie où elle doit exposer. Nous avons préparé le repas ensemble. À présent, assis au salon, nous buvons des Manhattan en ébauchant des projets de vacances. La tombée du jour donne à mon verre d'alcool l'éclat de l'ambre; mes soucis, les souvenirs nimbés d'une buée d'angoisse, devenus solubles, sont disparus. Pour la première fois depuis une semaine je me sens tourné vers l'avenir sans que des liens insidieux me retiennent, ma respiration s'allège, je souris de reconnaissance. Nous écoutons Joan Baez chanter *Sad-Eyed Lady of the Lowlands, Dangling Conversation, Sweet Sir Galahad* – et comme je me crois libre enfin, quelque chose à nouveau me rattrape, venu je ne sais d'où; je me mets à pleurer devant Ann stupéfaite. Je suis *habité*, mais par quoi? Est-ce la chanson? Je l'écoutais enfant sans en pouvoir saisir le sens. Quelle clef gît dans cette voix pour me comprendre? À quelle part engloutie de moi-même est-elle donc amarrée qui, comme un marbre antique au fond des eaux, remonte à son appel doucement à la surface ?

Ann a tenu son vernissage ce soir chez Brock. La vingtaine de sculptures qu'elle expose m'étaient déjà familières, mais elles paraissaient là toutes différentes, surtout les deux grands bronzes qui souffraient de l'encombrement de l'atelier. Brock a aussi sélectionné quelques esquisses. J'aime beaucoup la pièce intitulée *Orpheus & Eurydice*, et les quatre têtes de la série *Steps*. Ann avait l'air radieux. La galerie, achalandée par le public de ce genre d'événements, était si pleine vers sept heures qu'on s'y bousculait poliment ; elle m'a présenté des gens du monde des arts, des critiques, quelques collectionneurs, dont j'ai presque aussitôt oublié les noms, et Françoise Latour, dont j'ignorais qu'Ann la connût, qui est passée brièvement avant de se rendre au théâtre.

Ce sont sans doute moins les objets qui comptent dans les réminiscences que le temps qu'elles contractent. Cette condensation me chavire. Quand je revois à présent des artistes qui m'ont marqué autrefois, je m'accroche désespérément devant ce qui me paraît échapper chez eux au temps qui passe, la voix inchangée ou la démarche, comme s'il fallait à tout prix qu'ils ne soient pas menacés par la mort prochaine. Le déni est fragile : il faut crier pour ne pas entendre. Il y a quelques années, je suis allé voir au théâtre de la Madeleine Jeanne Moreau dans *Quartett* de Heiner Müller. Depuis près de trente ans, je cherchais vainement à l'approcher, avec une juvénilité d'amoureux, et voici que celle qui avait secoué mon adolescence, je pouvais enfin la contempler de si près que sa respiration m'était perceptible. Le rôle terrible de madame de Merteuil semblait écrit pour elle. Sa voix rauque, admirable, disait le texte dur, et je retrouvais son sourire intelligent et désabusé, sa moue dédaigneuse, son œil inquiet derrière ses lunettes. À quoi donc a conspiré depuis ma mémoire réticente ? En quarante-huit heures à peine, j'avais remplacé la comédienne octogénaire par l'héroïne de Truffaut : aux yeux fascinés de ma conscience, une image tirée de *Jules et Jim* s'était substituée au souvenir pourtant si frais qu'à ma surprise je ne rappelais que par un effort de volonté et de concentration.

Au matin, je sors me promener dans le parfum des tilleuls. Personne encore dans les rues dorées de sommeil, couchées sous les arbres entre les maisons ; de temps à autre une voiture les traverse en bourdonnant. Je remonte Waverly, des enfants jouent au ballon dans la cour de l'école, deux vieillards sur le trottoir sirotent un thé à la menthe ; je passe devant la boucherie, devant Fairmount Bagel toujours ouvert, je marche sur Saint-Laurent jusqu'au square où quelques solitaires promènent leurs chiens ; l'ancien hôtel de ville, avec sa tourelle et ses mâchicoulis, a l'air glorieux d'un roi de théâtre ; par Saint-Joseph, je prends la petite rue Demers, avec ses maisons villageoises en bois de couleur, puis Henri-Julien, je salue le libraire, je croise l'ancien chemin des Carrières, qui menait vers le coteau Saint-Louis depuis le hameau de la Tannerie, je tourne sur Duluth, je marche, je marche en direction du jour, vers l'origine, vers le passé ; les jardins tremblent sous la rosée qui s'évapore, les lilas japonais, les acacias, le parc, les bicyclettes ; huit heures sonnent.

Depuis que je suis revenu à Montréal, il y a plus d'un quart de siècle à présent, après avoir passé à Paris une année que je croyais promise à l'éternité, j'ai pris l'habitude de tout faire à pied. Cela me calme et m'impose une part de lenteur. J'arrive à l'université l'esprit clair de n'avoir réfléchi à rien, et ayant remonté peu à peu les siècles vers l'époque des œuvres que j'enseigne, j'ai l'impression d'avoir dépouillé les couches historiques qui me recouvraient et de m'être ainsi disposé au travail. Je joue à discerner les traces bâties qui se superposent ou s'enchevêtrent par repentirs jusqu'à rendre difficilement lisible l'espace que je réduis à un plan ; j'en supprime les scories et je me sens moi-même nettoyé dans l'opération. Je pars de mon *village* de Saint-Louis-du-Mile-End, élevé sur un vieux territoire de chasse ; je suis l'Esplanade entre la bourgade Saint-Jean-Baptiste et Fletcher's Field, où se dressa jadis l'Exposition provinciale ; puis, longeant la Côte-à-Baron, je prends par le faubourg Saint-Laurent pour atteindre l'ancien domaine de Burnside, où James McGill avait sa maison de campagne à la fin du XVIIIe siècle. Devant le portique palladien du pavillon des Arts, les vaches paissaient encore vers 1850. Le ruisseau (*burn*) descendant jadis de la montagne, recouvert ou tari, ne figure plus que dans le nom d'un bâtiment fort laid sur la rue Sherbrooke ; tout ce passé figure en pointillé sur ma carte. Par un dédoublement qui me trouble, ma propre maison de campagne, construite en 1805 par Harba Child, un loyaliste venu s'établir avec sa famille dans le canton de Barnston, se trouve tout à proximité d'une terre appartenant à James McGill, au nord du lac Lyster ; plus ancienne que l'université qui devait porter le nom du riche marchand propriétaire d'esclaves, ma modeste fermette est contemporaine de la bataille d'Austerlitz et de la publication du *Neveu de Rameau*. De ma colline sur les hauts plateaux des montagnes Blanches, je me tiens en amont de la Royal Institution for the Advancement of Learning. Les poutres taillées à la hache au plafond de ma grand-salle me paraissent du coup vénérables et touchantes.

Chaude soirée de juin. Nous sommes allés pour le repas dominical chez mes parents, où nous avons soupé sur la terrasse d'une queue de bœuf en gelée et d'une salade verte, suivies d'une compote de cerises au kirsch. Papa avait remonté de sa cave deux bouteilles d'un merveilleux vin de Chinon, dont la fraîcheur embuait les verres et qui jetait dans le crépuscule des éclats de prune mûre. Nous avons parlé de notre prochain départ et des souvenirs de Cape Cod, où je ne suis pas retourné depuis près de trente ans, ce qui donne à ces vacances des allures de pèlerinage. Maman a sorti des albums et nous avons regardé des photos prises à West Yarmouth, à la plage ou dans les maisons que nous occupions chaque été ; ce qu'il y a de frappant est qu'elles sont d'année en année presque superposables : on y voit ma sœur et moi riant les yeux fermés sous une vague, jouant sur les dunes ou dans la cuisine d'été d'une *Cape house*, au milieu des chênes blancs et des pins, sur le sol sablonneux semé d'aiguilles rousses : immuable rituel dont les officiants grandissent, lentement, jusqu'à la dispersion. Mû par une intuition, j'ai demandé la permission d'emprunter quelque temps les albums. Certains d'entre eux recueillaient des photos tirées de vieilles diapositives datant du mariage de mes parents ou de mes premières années. J'ai aussi pris deux bobines de film. Maman m'a fait descendre au sous-sol où elle entrepose ses trésors dans une armoire et dans un coffre qui a jadis contenu mes jouets. Sous les épaisseurs blanches d'une nappe de dentelle dont j'écarte avec précaution les plis, j'exhume quatre boîtes de fer-blanc contenant des papiers de famille et des lettres. Je suis rentré chez moi chargé de mon butin.

Durant plusieurs heures, j'ai regardé les photos à la recherche de je ne sais quoi. Bien entendu, la source de mes *flashback* ne s'y trouve pas, ils portent sur des choses indifférentes, alors qu'elles ont capté le significatif : les fêtes, les anniversaires, les grandes vacances égrènent le temps qui passe comme un chapelet. Seul ici et là un instantané ou une erreur de cadrage me restitue l'ordinaire, avec ses objets autrefois transparents devenus opaques. Voyais-je seulement dans notre salon ces canapés de ratine rose ou vert amande ? ce buffet espagnol en bois noir qui abritait la stéréo ? Sous le plafond cathédrale, ces meubles surmontés d'œuvres modernes prennent aujourd'hui l'air improbable, hétéroclite, qui est le destin du contemporain : l'histoire laisse là certaines choses, qui s'enlaidissent et deviennent bizarres ; elle en conserve d'autres, qui restent à nos côtés, toujours actuelles, à peine visibles, légères, hors du temps. Mais puisque, si curieuses que fussent ces découpes du quotidien, elles n'éclairaient pas ce qui s'agite en moi, j'ai fini de découragement par laisser là les films et les albums. Je me sentais assez déprimé.

Je m'éveille vers trois heures, en nage ; Ann à mes côtés paraît morte. Je m'approche de son visage pour m'assurer qu'elle respire, je passe la main sur sa poitrine qui bouge imperceptiblement. Il fait une chaleur accablante, je vais à la fenêtre mais elle est ouverte déjà, l'air est immobile, sans un souffle : les arbres se détachent du ciel bleu de Prusse comme des bijoux de jais compliqués. Je vais à la cuisine et bois un verre d'eau froide, puis je retourne me coucher. Je pense aux seins d'Ann, à son ventre, je me caresse – à quoi bon ? j'arrête. Je me retourne sur le drap fiévreux, je cherche à faire le vide. Le temps s'écoule avec peine. Paupières closes, je médite, mon esprit ralentit sans s'arrêter. On dirait que des bribes de pensées et de sentiments, charriées par un fluide inconnu, émergent, tournent et s'enfoncent dans une espèce de turbulence ; peu à peu certaines s'agglutinent, coagulent – cette douleur dans la hanche depuis quelques jours –, elles s'attachent aux parois du crâne comme de la poix. Je suis fatigué, je me laisse envahir sans trop résister, je pense à Monique Bastien, atteinte de cette horrible maladie de Lou Gehrig, maman en a été profondément affectée quand elle l'a appris, même dans ma génération je connais beaucoup de gens très malades – une idée visqueuse –, je ne me sens plus à l'abri, je voudrais faire l'amour tout de suite, quelque chose m'arrivera tôt ou tard, hier ma hanche s'est détachée, je vieillis, je vieillis – j'ouvre les yeux. Une marée d'angoisse emplit ma nuit.

Je suis retourné aux albums, comme pour une relecture, aux portraits de mes parents jeunes, aux rares images de la maison ou du quartier, celles-ci en évoquant d'autres, également lointaines, tenues intérieurement dans la distance, à travers tout ce temps comme au travers de l'eau, visibles mais brouillées au fond de mon torrent, indécises, précieuses. Conservées intactes par un oubli de distraction pure, elles me restituent des sensations évanouies, des impressions fugaces, la confusion des sentiments, débris d'or surnageant au centre du tamis. Je marche sur une falaise rouge, le long d'un sentier herbeux qui serpente, avec l'océan à ma droite en contrebas, ses vagues immobiles dans la lumière cuivrée du soir, et devant moi mon père avec ma sœur sur les épaules, et maman, vêtue d'une robe bleue, ses cheveux retenus par une broche à mi-hauteur. Je puis presque la toucher. Nous sommes à l'Île-du-Prince-Édouard, je dois avoir six ans, la scène en contre-plongée est hallucinante de présence. Aucune photographie ne la corrobore. Et bien que j'aie du mal à l'admettre, elle est manifestement fausse, car ma mère avait les cheveux courts ces années-là. D'où vient-elle ? L'ai-je fabriquée avec les restes de souvenirs plus anciens ? Quel est le principe de ce montage auquel je ne peux plus accéder ? Elle tranche avec les images que je conserve de mes parents au temps de notre vie de famille, figés dans une vague et perpétuelle quarantaine, produites par la surimpression des visages successifs qu'ils ont revêtus sous mes yeux ; aussi, même convaincue de supercherie, la vérité singulière de celle-ci fait que j'y crois. Une seconde image me présente maman de face, en haut de l'escalier qui menait aux chambres ; je la regarde depuis le canapé du salon. Elle porte une robe de soirée blanche, pailletée de fils d'argent avec un large ceinturon vert à boucle, et ses cheveux noirs sont placés autour de l'ovale encore plein du visage, très pâle. Elle porte sans doute une perruque, comme il lui arrivait ces années-là, peut-être parce que les coiffeurs coûtaient cher. Elle est au moins aussi suspecte que la première. Leur sens est hors des éléments qui les composent, dans l'opération par laquelle je les ai saisis, thésaurisés, enchâssés, pierres taillées au chaton de la mémoire, gemmes ou toc, qu'importe.

La densité de ces images fait pâlir les photographies. Je reconnais évidemment sur celles-ci les environs de ma maison d'alors, mais on les dirait érodés, les arbres et les toits y sont moins hauts, les perspectives plus vite interrompues, les cours dénudées, les rues planes. C'est qu'à rebours en moi ces lieux sont déformés, comme si je les voyais par l'épaisseur irrégulière d'un verre, un espace courbe que baigne une lumière vespérale, à la façon de ceux que l'on visite en songe. Plutôt que les détails peu à peu ne s'estompent, c'est l'optique qui se tord dans le passage du temps : les reliefs basculent, les demeures se hissent au sommet d'imaginaires collines, les jardins s'animent d'une vie obscure, les avenues se soulèvent. Toute ma raison m'est nécessaire pour rendre à son ennui ce paysage agité.

J'irai finalement passer un mois seul à Cape Cod. J'accompagnerai d'abord Ann dans le Bas-du-Fleuve une dizaine de jours, je reviendrai à Montréal prendre l'avion pour Boston, puis l'autobus jusqu'à Truro. Ce sera une sorte de pèlerinage. J'ai offert à Ann une boîte de truffes au whisky, pour me faire pardonner.

Nous sommes allés ensemble à Pointe-à-Callière voir une exposition d'objets retrouvés sur l'épave de l'*Elizabeth and Mary*, coulé au large de Baie-Trinité en 1690, pendant la fuite de l'amiral Phips. La richesse de la collection est extraordinaire, car le bateau contenait des traces d'usages antérieurs : armes, instruments de navigation, bouteilles, vaisselle, tissus, bijoux, et même des jouets : osselets, toupie, yoyo de verre. Ils m'émeuvent. J'ai joué autrefois, bien sûr, comme tous les enfants. C'était avant la névrose des jeux éducatifs ; nous suffisaient de simples blocs en bois de couleur ; des cachettes que nous fabriquions sous le piano, avec des draps et des chaises renversées ; un petit chemin de fer ; des figurines d'animaux en porcelaine prises dans les boîtes de thé ; des déguisements sauvés du rebut – perruques crevées, vieux bijoux, vieilles robes, maquillage ; des poupées, des pots de gouache, des riens dont nous faisions tout. Les jeux de société étaient rares, réservés aux soirées d'hiver. Pour le reste, les jeux étaient dans notre tête, et les adultes n'y pouvaient participer. Un fait pareil, anodin sans doute, parce qu'il rejette dans l'histoire une enfance vieille d'à peine quarante ans, suffit à marquer un vrai changement de civilisation – de la fantaisie à la performance.

En somme, au jeu, nous préférions le jouet sans règle, sans contrainte, et qui nous propulsait dans un espace décousu. Nul sentiment de révolte n'animait chez moi de tels mésusages. J'étais plutôt sage au contraire, mais le cadre finissait invariablement par s'amollir, les wagons sortaient de leurs rails, les crayons battaient la campagne, les organes de l'homme transparent se retrouvaient sur une assiette. L'un de mes jouets préférés, le Light Bright, était composé d'un boîtier contenant une ampoule, avec un plan incliné qui servait d'écran où s'ajustaient deux plaques criblées de trous. Entre elles, on glissait une feuille de papier noir opaque, puis, toutes lumières éteintes, on la perçait au moyen de petites ampoules de couleur qui s'illuminaient aussitôt. Le fabricant fournissait quelques feuilles déjà dessinées, dont les surfaces appelaient les couleurs par des codes; sous mon regard émerveillé surgissaient scènes et personnages, brillant dans l'obscurité comme les feux d'un arbre de Noël; puis, peu à peu, les feuilles s'épuisaient, poinçonnées, réduites à l'état de dentelles, et il fallait les remplacer par d'autres, d'un noir uni cette fois, sur lesquelles je hasardais mes compositions, abstraites et cristallines, un vitrail aux effets changeants. Je suis frappé en rétrospective de cette fascination pour la géométrie poétique – celle encore du kaléidoscope, ou du Spirographe, autres jouets de mathématicien. Peut-être me rassurait-elle par sa régularité : j'étais un enfant tellement inquiet. Au piano, jamais je n'ai su risquer l'improvisation. Bientôt d'ailleurs, l'habitude du jeu m'a quitté, remplacée par la lecture, puis par le travail. Seul le bonheur d'un amour tardif, avec une femme habitée par l'esprit ludique, m'a rendu l'accès à cette activité pourtant essentielle.

Il faisait beau quand nous sommes arrivés à Kamouraska il y a quelques jours, à présent le ciel voilé tend son deuil sur le fleuve. Les masses abruptes groupées des monts et des buttes ont l'air d'une procession le long des eaux. Je commence tout juste à me reposer, j'ai peine à croire que je doive repartir bientôt, cependant mon esprit divague et s'agite, comme si là-bas, près de Truro, m'attendait la solution de mes énigmes.

Nous sommes allés rendre visite à Patrice sur sa ferme ; il nous a montré ses plantes potagères aux variétés anciennes, rustiques ou rares : les navets Petrovski qu'aimait Goethe, l'arroche Opéra, la mauve crépue, et vingt sortes de tomates : Ceylon, Alpatiev, Principe Borghese, Sasha Altai. Ce natif des beaux quartiers a trouvé dans la frugalité un antidote à l'ennui. Au début des années 1970, mes parents, que rien ne destinait à cette équipée, prirent part au mouvement du retour à la terre et louèrent à Sainte-Rose, dans le nord de l'île Jésus, un lopin pour y cultiver nous-mêmes nos légumes. J'avais en ce temps-là le projet de me faire horticulteur, par amour des fleurs, ce dont l'expérience des champs m'a détrompé : j'étais rebuté par la chaleur bourdonnante du soleil qui tombait à plomb, par la sécheresse de la glèbe, par l'huile de la machinerie, par la forte odeur verte du potager. Tout m'y semblait rude, je n'y allais qu'à reculons. Pourtant, une fois sur la table, les pois à écosser me paraissaient plus aimables et comme domestiqués. Je distingue aujourd'hui aisément grâce à eux les légumes de plein champ de leurs imitations hydroponiques, industrielles ou trafiquées ; et sans me convertir à la vie agreste, ils m'ont rendu sensible à son charme. Reste que la campagne est bien moins que la mer mon milieu naturel.

J'ai toujours aimé les bains de mer. Celle de Cape Cod est chaude sur sa côte méridionale et l'on y peut s'oublier des heures, ballotté par les vagues ; le relief est d'une telle douceur qu'on a longtemps pied vers le large, le sable y faisant le gros dos à l'infini. Toutes peurs bues, j'exulte dans l'eau primitive, dans cette formidable jouvence, aussi vieille que la Terre et pourtant toujours jeune, qui me met hors du temps. À l'inverse, j'ai horreur des lacs, presque toujours froids même au fort de l'été, de leurs fonds glauques, glissants et noirs – quand celui de la mer est lumineux et sec –, de leur eau immobile où la mort s'abrite, prête à me saisir la jambe et à me tirer vers l'abîme. Trop pure, trop minérale, c'est l'eau du Styx; le courant qui dit-on la rend vive ne suffit pas à dissiper mon angoisse : seule la saumure brouillonne de la mer me rassure, me rend le souffle et le rire. Il est vrai que ce parallèle dissimule mal ma peur du gouffre. La mer ne me plaît plus lorsqu'il faut naviguer en eau profonde et les tempêtes me saisissent d'une terreur sacrée. Après une expérience précoce et brutale, je fus longtemps en proie à des cauchemars dans lesquels je descendais peu à peu dans l'eau et incapable d'y enfoncer ma tête; je n'ai jamais appris à plonger, et j'éprouve encore une panique incontrôlée lorsque je perds pied lors d'une baignade. Je sais nager pourtant, mais cela n'y fait rien. Si j'aime tant les bains de mer, c'est qu'ils me donnent l'impression de pouvoir demeurer au bord de l'infini.

Nous observons le large en silence. Ann lit, je réfléchis, je prends des notes. La gloriette blanche du jardin s'ouvre au-dessus des eaux comme un grand nénuphar, attaché au rivage par sa tige et dont la fleur s'abandonne à la surface brillante et noire. Sous ce miroir : les roches, la vase, les débris, les épaves, les morts. Adolescent, je croyais que ce qu'on nomme *cimetière marin* devait être situé au fond même de la mer parmi les végétaux aquatiques – les tombes creusées dans le sable, ornées de stèles aux inscriptions invisibles ; lorsque je la découvris, la réalité me sembla une platitude. Ma méprise m'avait pourtant mis sur la voie d'une vérité sauvage que j'ai comprise plus tard, en visitant le site de Port Royal, en Jamaïque, où deux mille habitants furent engloutis en quelques minutes au matin du 7 juin 1692, quand l'île fut dévastée par un tremblement de terre. Les morts sont partout sous nos pieds. Au large de Wellfleet et de Truro, où je me trouverai dans une semaine, une centaine d'âmes hurlantes furent englouties avec le *Whydah*, le 26 avril 1717, et ont reçu pour sépulture ces restes que les archéologues profanent avec méthode.

Dans l'autobus qui me ramène à Montréal, je fais en pensée mes bagages. J'emporte les lettres découvertes chez mes parents, les albums, de quoi écrire, mon vieil exemplaire de *Moby Dick*, un Thoreau, les poèmes de Rilke, un carnet à dessin, un appareil photo, des jumelles, des cartes du Cap. Est-ce tout ? N'oublié-je pas quelque chose ? Je jette pêle-mêle sur le lit mes vêtements, mon passeport, ma serviette de bain, un pliant, des sandales, une trousse de premiers soins, un peu d'argent, je prends une valise, je respire vite, je circule comme un fauve d'un point à l'autre de mes jours à mesure qu'ils s'écoulent; entre les barreaux qu'élèvent autour de moi mes occupations, je bifurque sans m'attarder, ralentir me rend nerveux, ces incessants changements de cap m'étourdissent. — J'appelle un taxi pour l'aéroport, je l'attends devant la maison, il est en retard, des enfants jouent au ballon dans la ruelle, je regarde l'heure, la voiture s'arrête; par la fenêtre ouverte s'engouffre le vent chaud qui me décoiffe. Quelle étrange vie nous menons, tourbillonnant captifs et sans mémoire dans un orage de stimuli qui nous abandonne la nuit sur le rivage, insomniaques et las. L'activité nous préserve de l'angoisse. — L'employé au comptoir d'Air Canada m'annonce que mon siège est déjà pris, il y a eu erreur, on m'en propose un autre au fond de l'appareil. J'accepte en grommelant. L'attente au contrôle est interminable, un homme devant moi pousse son sac avec ses pieds, une agente prend ma bouteille d'eau et me dit d'enlever mes chaussures, le détecteur de métal sonne, on me tâte, on ouvre mon portable à la recherche de produits chimiques, on me scrute, on m'ordonne de me dévêtir dans une pièce close, on me fouille, non: on me fait signe d'avancer, je passe sous le détecteur, je reprends mes bagages, je vais m'asseoir porte 22, j'attends l'embarquement à côté d'une famille qui parle fort, une langue slave je crois. On appelle Armand Chouinard et Pham Thuy porte 40 pour un embarquement immédiat. J'essaie de lire Rilke. Le vol à destination de Vienne est retardé. Les passagers en classe prioritaire sont invités à monter à bord, les parents accompagnés de jeunes enfants, le bétail. — Enfin, les consignes de sécurité se sont éteintes, mon voisin quitte son siège; quelque part un bébé pleure; des hôtesses circulent, affairées, sans objet. En bas, on ne voit plus rien: la terre paraît déserte, tout artefact a disparu. *Il y avait là des rochers et des forêts inhabitées. Ponts au-dessus du vide et ce grand lac aveugle et gris, suspendu au-dessus de ses fonds lointains tel un ciel de pluie sur un paysage.* C'est avant ou après l'humanité. Je ferme les yeux. — Une sensation m'habite, difficile à fixer, à nommer plus encore. Dans la distance effrayante, brumeuse comme le fond des vallées discerné à vol d'oiseau, une image que je ne puis traduire en phrases sans artifice: je dois avoir trois ans, on m'a forcé à sauter de la tour d'un tremplin dans l'eau d'une piscine où je m'enfonce lentement, les yeux ouverts, environné de bulles qui montent sans fin des profondeurs. J'étouffe. — Le malaise m'envahit. Quand amorcerons-nous notre descente?

À Boston, je suis allé au Isabella Stewart Gardner Museum. On ne peut qu'être ébloui par une telle fortune privée dévolue à l'acquisition d'œuvres d'art et au mécénat. L'éclectisme y est tel qu'on hésite à parler de collection. Malgré l'extraordinaire qualité des pièces de toute nature – mosaïques et bustes romains, panneaux japonais délicatement peints, vitraux gothiques, manuscrits arabes, tapisseries flamandes, albâtres de Haute-Égypte, cuirs repoussés et mordorés d'Espagne, eaux-fortes, coffres, vaisselle, mobilier vénitien du XVIIIe siècle, tableaux des plus grands maîtres, Rembrandt, Titien, Manet, Turner, etc. –, leur accumulation laisse une impression de luxe étourdissant et de léger fatras. Madame Gardner avait dû réunir dans ses caves un véritable Xanadu de cartons et de caisses, de chefs-d'œuvre dormant dans l'obscurité.. *C'étaient les mines enchantées des âmes. Tels des minerais d'argent silencieux elles allaient en filons à travers les ténèbres.* Le jardin intérieur est une merveille et mérite à lui seul la visite ; je me suis assis un moment pour en admirer l'étagement, les essences florales, la transparence des feuillages, les fontaines, la statuaire, en regrettant un peu de ne pas être seul dans cet Éden. Je me suis aussi longuement arrêté devant une toile de Rembrandt, dans la salle hollandaise du premier étage : *Le Christ dans la tempête sur la mer de Galilée.* Un panneau précise que cette œuvre de 1633 est la seule marine peinte par l'artiste, mais le sujet la fait passer de la simple peinture de genre au tableau d'histoire sainte, celle-ci prise à son plus haut degré d'intensité, alors que la frêle embarcation du Sauveur et de ses disciples paraît se disloquer sous les chocs. L'angoisse des apôtres est saisissante ; dans la pénombre au premier plan, l'un d'eux vomit par-dessus bord ; et la petite cague prête à sombrer bascule sous la poussée d'une vague lumineuse, effroyablement belle et scélérate. Les Évangiles disent que le Christ s'est levé et qu'il a calmé les flots, mais Rembrandt ne le montre pas : il a choisi de peindre un naufrage, auquel on ne refuse ce nom que parce que l'on connaît la fin de l'histoire. Les pêcheurs, eux, ne la connaissent pas et se voient au moment de périr noyés, leurs veuves sur la rive pleurant déjà un drame que sa banalité rend lancinant et sourd, comme ces vieilles douleurs dont l'origine est oubliée.

Au petit matin, j'ai quitté ma chambre d'hôtel pour aller prendre l'autobus qui me mène à Truro. L'homme au comptoir à qui j'ai remis ma clef avait l'air d'une ombre ; d'ombres aussi les rares passants que j'ai croisés dans la grisaille, la dame obèse dans sa guérite, le chauffeur et les passagers ; au travers des banlieues, *on percevait la bande pâle de la route unique comme une grande lessive qu'on eût mise à sécher.* Puis, à l'approche de Sagamore Bridge, comme en une embellie, je retrouve après trente ans d'absence les senteurs de la péninsule où j'ai passé les étés de mon enfance, les résineux pleins d'ombre et odorants dans la chaleur. Chaque année, le départ pour les grandes vacances se déroulait à l'identique. Le réveil à l'aube, la voiture pleine à ras bord de glacières, de valises et de sacs de plage, le froid du petit matin, le passage de la frontière vers sept heures, le déjeuner, le lunch, les *rest areas* toujours les mêmes, l'arrivée à Boston avec la sieste rituelle de ma mère qui n'aime pas cette enfilade d'autoroutes urbaines, puis Cape Cod enfin, le bureau d'Helen Webster où nous allons chercher la clef de la maison de West Yarmouth, en bardeaux de cèdre ou en bois jaune pâle, posée sur cette terre sablonneuse plantée de pins, de chênes aux feuilles luisantes, d'espèces exotiques, et la mer là-bas, chaude, pleine de choses ignorées. Si un seul de ces éléments avait manqué, nous en eussions sans doute conçu un vif dépit, une tristesse profonde. Le besoin de variété qui complique et nuance aujourd'hui ma vie m'était inconnu. Ce coin du monde avait une force d'évidence : nous n'aurions pu être ailleurs, c'était le second foyer de l'ellipse universelle ; il nous attirait et nous captait comme un centre de gravité, puis nous relâchait après deux semaines, inexplicablement. Ce n'était pas un lieu autre, mais un lieu différent. Nous nous l'étions approprié.

Cette perfection avait connu plusieurs années de tâtonnements. Nous avions d'abord voyagé au pays, à l'Île-du-Prince-Édouard, au Saguenay, à l'Île-aux-Coudres dans Charlevoix ; et nous devions plus tard visiter encore la Beauce, la Gaspésie, la Côte-Nord. Rien de tout cela ne m'a marqué durablement, j'en ai presque tout oublié. Les événements échappaient au contrôle de ma volonté, je me laissais conduire, même pendant mon adolescence au demeurant docile, en ces lieux qui ne me disaient rien – alors que la répétition m'avait donné à Cape Cod le sentiment d'orchestrer tout. Je manifestais mon désintérêt par le défaut de collaboration. Vers la fin, les éléments hostiles eux-mêmes s'en mêlaient : les pluies torrentielles, le froid, les nuées de mouches condamnaient des scénarios auxquels je n'avais pas donné mon consentement. Le temps approchait où je partirais seul. Lorsqu'on a dix-sept ans, qu'on se trouve au bout de la terre dans une taïga désolée, tenter discrètement la nuit, sous une tente humide, de donner à la nature un soulagement que la promiscuité vous refuse est une expérience misérable.

Les noms surgissent comme de vieux camarades invités à une fête : Sandwich fleuri de roses trémières, d'hortensias bleus protégés par des palissades; Hyannis, Barnstable, Harwich, Nantucket, Chatham toute blanche, avec ses belles demeures surplombant la falaise; derrière, l'Atlantique aux dunes herbeuses, une mer sauvage aux tons d'ardoise – Orleans, Eastham où s'élèvent des maisonnettes de bardeaux gris aux volets noirs, bleus ou vert pastel –, degré zéro de mer à l'aune de laquelle je mesure les autres – plus ou moins grises, froides, salées –, dont les vagues ont fouetté mon corps jusqu'à ce qu'il batte de pulsations fantômes durant des heures, à la façon de ces grandes conques où l'on peut ouïr le ressac, mystérieusement enclos dans la nacre. Le bras de terre du Cap, qu'étranglent la baie et le large, se resserre près du poignet, le vent rabougrit les arbres aux feuilles dures, les pruniers nains des plages – nous passons Wellfleet, puis Truro, dispersé sur la lande devant le phare; l'air iodé et salin me caresse durement par la fenêtre ouverte; là-bas, par-delà les vignobles, North Truro s'étirant sur le front de mer; il est midi.

Provincetown est à une heure et demie de marche de la maison que j'ai louée sur Bradford Street, à l'extrémité de la péninsule que les cartes nous montrent enroulée sur elle-même comme une queue de crustacé. La ville avait voilà quarante ans un charme provincial, animé, et conservait quelque chose de l'époque de Eugene O'Neill et de Tennessee Williams; il m'est difficile de ne pas penser qu'à présent tout cela est frelaté, transformé en tréteaux de foire. Je ne sais si j'irai, car cela me fait peur. Nous allions à chacune de nos vacances y passer une journée, que nous commencions dans les dunes qui la bordent, aujourd'hui interdites à la promenade, et terminions en ville. Une photographie nous représente, mes parents, ma sœur et moi, arborant des airs conquérants ou rieurs sur un fond de Sahel, l'une de ces montagnes de sable doré à peine par endroits piqué de quelques ammophiles. Le soir, nous mangions au Flagship, un restaurant en bois gris, donnant sur la rue principale mais situé sur la plage et monté sur des pilotis, ce qui permettait d'aller se promener dessous à marée basse. À l'intérieur, le décor rappelait un bateau, avec des filets de pêche, des bouées, des lunettes de cuivre. J'aimais ce pittoresque, le kitsch ne me dérangeait pas; et je m'en souviens avec un peu de nostalgie. Une année, je devais avoir sept ans, nous nous étions arrêtés devant une vitrine de bijoutier – de belles pierres jaspées sont une spécialité de la région – tandis qu'autour de nous la foule des passants tourbillonnait. Je rêvais en fixant l'étalage, et sans que je sache comment j'en vins à supposer, par ce tour tragique qui m'est coutumier, que je pourrais me perdre dans cette ville dont je ne comprenais pas la langue et où je ne connaissais personne; quelques mots de français furtivement entendus me firent penser que j'irais voir alors ceux qui les avait prononcés. Puis je sortis de ma songerie: j'étais seul, mes parents avaient disparu. Je me précipitai à la poursuite du couple de Français et j'eus à peine le temps de leur dire mon malheur que mon père et ma mère, affolés, revenaient sur leurs pas. *All is well that ends well.* Ou bien, les choses se sont passées ainsi: j'ai perçu, mais sans m'en rendre compte parce que j'étais distrait, que mes parents s'éloignaient, j'échafaudai alors en songe la catastrophe et sa résolution qu'ensuite j'exécutai comme je les avais conçues et comme si elles eussent été prémonitoires. Je ne puis trancher entre ces deux versions des faits: la première est une donnée immédiate de la conscience, la seconde est le produit d'une reconstitution; et face à ces « sentiers qui bifurquent », ma mémoire hésite indéfiniment. Nous sommes constamment aux prises avec de telles incertitudes, et de plus radicales encore, quant au déroulement du passé même dont on a été l'acteur ou le témoin; mais la raison du discours nous force de choisir parmi les séquences et nous feignons de prendre la logique pour le réel, le contingent pour le nécessaire. L'histoire exacte serait brouillée de tant de repentirs, de tant de palimpsestes qu'elle serait aussi confuse que l'expérience.

Que suis-je donc venu faire ici ?

L'euphorie des premières heures passée, je suis gagné par l'inquiétude. Ai-je pu vraiment penser que la solution à mon trouble m'attendait sur la plage où vécurent Beston et Thoreau ? Sans doute ayant ici connu la paix avais-je cru la retrouver intacte. Le sentiment, presque la sensation, que l'avenir est périlleux, qu'il exige à l'instant mes soins si j'en veux parer les écueils, m'enlève le repos ; mon imagination, tournée vers la mort qui vient – ou vers le drame qui la prépare – et tendue hors de l'être, n'occupe plus le monde mais sa disparition. Je marche vers la mer, près de la Meadow Trail, au milieu des marais salants et des pruniers nains, je marche jusqu'au phare dans la beauté sauvage, mais l'insouciance a fait place au tourment. Le bruit des vagues qui déferlent assourdit les jours de tempête ; elles ont sapé la côte de plus de cent mètres en deux siècles. On recule sous cette violence, laissant un peu de soi s'abîmer au passage, morceaux qui tombent et coulent comme un tribut versé à la divinité jalouse.

J'ai pris par South Highland Road pour revoir le vieux cimetière ; un panneau y précise : *est.* 1713, pour l'inhumation de Mrs. Hannah Paine, cinquante-deux ans, l'épouse d'un capitaine de vaisseau ; le village de Truro n'avait alors lui-même que quatre ans. En provenance d'Eastham, une communauté de charpentiers de marine et de pêcheurs s'était étendue vers le nord, sur le site nauset de Payomet ; beaucoup se sont perdus en mer, dans cet *ocean graveyard* que forment les bancs de sable au large de Cape Cod, et que scrutaient vainement les veuves sur les *widow's walks.*

Je rentre en passant par le vignoble local sur Shore Road, et pour tromper mon désœuvrement je me promène parmi les touristes devant la villa blanche aux volets noirs, j'entre, je goûte d'un sauvignon, puis d'un vignoles, puis d'un rosé ; par chance l'un des vignerons vient bavarder, un Hongrois charmant, qui me parle de Budapest et de son village, là-bas. Cela m'apaise. De retour à la maison, je m'allonge dehors, sous de grands pins, j'essaie d'y voir clair. Les débris de mémoire abandonnés par le ressac et qui jonchent ma conscience m'appellent au fond des eaux vers les reliquats d'un naufrage : je ne peux pas me contenter d'attendre une épiphanie, il faut aller à sa recherche. Chateaubriand note quelque part que la vieillesse commence quand on entreprend de mettre de l'ordre dans ses souvenirs. J'entre donc dans la vieillesse par cette opération mystérieuse. L'âge a peu d'importance. Lui avait quarante-trois ans quand il a commencé, et Saint-Simon, vingt-quatre. L'un et l'autre avaient quitté la désinvolture de la jeunesse, perdu ce sentiment d'être immortel qui vient de ce que l'on est sans cesse occupé. Pour moi, parvenu à mi-vie, l'exercice est aussi méditation sur la fragilité de l'être et sur ce que les Anciens appelaient la vanité. Retrouverai-je dans mes souvenirs, ces ruines, le sentiment que Dieu respire sous la surface des choses ?

Ceux que j'avais crus éternels s'en vont ; et d'autres, dont je ne sais que faire, s'accrochent à des riens et demeurent. Ainsi, par un tour cruel du destin, ce qui comptait périt, me laissant pour pleurer la nuée des choses sans importance. En quelques années, j'ai presque tout perdu de ce qui me rattachait à ma jeunesse, à cette époque de mes vingt ans, difficile et dont peu de témoins subsistent, car les compagnes, les amis d'alors ont fait dans ma vie place à d'autres – ces membres postiches, écrivait le cruel Chamfort ; et cette jeunesse du même coup est brutalement tombée dans le passé, elle s'éloigne et me précipite en avant, vers l'avenir clos, comme en une accélération provoquée par le soubresaut des proches. Le temps désormais m'est compté, la futilité de certaines tâches devient insupportable. La crainte d'être promis à une mort imminente sans avoir eu le loisir de me reconnaître me presse comme autrefois les nobles qui partaient en campagne quand revenait la saison des batailles. Mais les guerres ne se livrent plus entre Pâques et la Saint-Martin et la peur est devenue permanente. Je suis assiégé chaque nuit, entre mes draps même, livré sans défense aux pires outrages jusqu'à ce que la terreur m'éveille. Et avec quel recours ? Comment prier le ciel que Dieu dans sa colère a fui, me laissant désemparé, déserté par la grâce. Écrire est mon oraison : je noue cette mémoire sans force – cette fane, ce pauvre feuillage – en gerbes pour ne pas la perdre. Cela me sauvera-t-il de la dispersion ? Je suis effrayé de son morcellement, des pans entiers de mon être effondrés, rendus au néant avant moi, de la chronologie brouillée, des souvenirs pâteux, indéfinis. Écrire comme on entre dans une église, scruter le sol, y retrouver l'alliance que l'on croyait perdue.

Il n'est pas facile d'écrire, obscur, sans aïeux dont la gloire élève un portail, sans les présages qui accompagnent les héros. Nul esturgeon monstrueux ne marqua mon arrivée dans le monde. Puis-je seulement dire d'où je viens ? Mon ancêtre Olivier était pauvre, c'est ce qui le fit courir fortune en Amérique. Il était meunier à Marans, bourg protestant situé près de La Rochelle, autrefois sur la mer (*Marentus*), dans l'estuaire de la Sèvre ;

naguère encore, c'était une île du marais poitevin, que les ingénieurs hollandais d'Henri IV avaient extraite du bocage en l'asséchant par des canaux et des digues. Olivier selon les uns serait né en 1625, d'autres disent vers 1611 ou 1613; en tout cas, il a été marié trois fois: à Ozanne Lussard et à Marguerite Roy en 1646, puis à Marie Garnier, une dizaine d'années plus tard – qu'est-il donc arrivé à Ozanne, au nom si doux? peut-être est-elle morte en couches. On ne sait presque rien d'eux. Cette vie sans témoin et quasiment sans dates allait pourtant se fixer dans l'histoire, comme du bloc informe émergent peu à peu les traits reconnaissables d'un buste. Avec leur fille Anne, âgée d'à peine deux ans, Olivier et Marie se sont embarqués le 2 juillet 1659 à La Rochelle, sur le vaisseau le *Saint-André*, en compagnie de Jeanne Mance et de Marguerite Bourgeoys, venues recruter des colons en France. Leurs destinées se sont croisées puis confondues avec celles des pionniers, inscrites dans une entreprise qui les dépassait, ne sachant où ils allaient défricher à mains nues, à la herse, cette terre sur laquelle j'écris. Rien de tout cela bien sûr n'appartient à mes souvenirs, à peine à mon passé; mais de cette mémoire historique reconstruite pièce à pièce, je me sers comme d'un point d'appui pour rêver ma genèse, qui fatalement m'échappe. On se ressaisit dans ce détour hors de soi.

Ces terres de la Vendée, où je ne suis allé qu'une fois, je me les représente avec effort, je cherche à leur donner grâce à l'archive une sorte de présence hallucinée ; ma mémoire s'élargit comme un golfe pour embrasser les générations.

Les souvenirs des autres s'incorporent aux miens comme des fluides : une mémoire d'emprunt parfois plus vive encore que la mienne propre, faite d'histoires que je chéris, alors que l'autre est pleine de choses éteintes. Dans ma valise, je prends une boîte de lettres et me plonge dans cet étrange cabinet noir. Sous quelques actes notariés, la correspondance entre Léonel et Jeanne, mes grands-parents, s'entremêle de poèmes, de réflexions et de rêveries, de fleurs séchées et de carnets de bal. Mon grand-père, ce jeune mort, y adresse à ma grand-mère une litanie de pensées ardentes et vagues que j'intercepte avec quatre-vingts ans de retard. D'elle à lui, fort peu de chose ici : une demi-douzaine de billets de 1921, un de 1925, une note enfin, écrite sur le papier à lettre d'un *Canadian Pacific Royal Mail Steamer*, datée du jeudi 11 août 1927, année de son mariage. Il y a plus à glaner pour moi dans ces quelques pages précises que dans les chastes transports de son prétendant. Atteinte de tuberculose à vingt-cinq ans, elle avait vaincu la maladie par des mois de chaise longue à la campagne. *Ne sois pas inquiet de moi, je ne tousse presque plus. Je suis bien tes conseils, je me couche à dix heures tous les soirs, me lève à neuf, je déjeune, me repose toute l'avant-midi, dîne, me couche une ou deux heures, le soir je prends une bonne marche, je vais à la poste, ce qui est aussi loin qu'aller à Cartierville (de chez nous), cela me fait du bien, puisque j'ai bon appétit, bon sommeil.* À lire ce régime de valétudinaire, qui a dû beaucoup la contraindre car elle était fort vive, je m'étonne de retrouver malgré tout la voix de celle que j'ai connue, s'efforçant d'être raisonnable, avec sa gaieté naturelle qui perce le papier. Et elle surgit devant mes yeux, en haut de son escalier comme autrefois lorsqu'elle m'accueillait, grande et droite, cette femme d'un autre temps à la fraîcheur paradoxale. Léonel en revanche, mort treize ans avant ma naissance, ne m'est connu que par quelques objets : une photographie, un missel, une bibliothèque vitrée dont je me sers comme vaisselier, et qui lui avait été offerte en guise d'honoraires par un de ses patients, pauvre charpentier de Nouveau-Bordeaux, le quartier où il exerçait la médecine. Son bureau de chêne, le mien, lui avait été légué par son père, inspecteur des Écoles et cinq fois lauréat de concours littéraires. Je descends de cette lignée d'hommes poètes à leurs heures. Léonel avait longtemps courtisé Jeanne. Elle était riche. Son père, venu au monde l'année où Darwin publiait *L'origine des espèces*, était parti avec deux de ses frères faire fortune dans une Amérique de chevaux, de pionniers et de prospecteurs, d'où il était revenu épouser en 1895 une couventine de bonne famille. Il l'avait installée dans une grande maison, avec des domestiques, un cocher et une cuisinière qu'il avait fait venir par bateau de Paris pour lui apprendre à faire le coq au vin, qu'elle préparait au Chambertin, et une daube moelleuse dont ma grand-mère conservait le secret. Le couple eut quatre filles et six garçons, puis mon arrière-grand-père mourut, foudroyé, en pleine rue. Sa femme demeura seule au milieu de ses dix enfants et prit tant bien que mal la direction du patrimoine : elle prêta de grandes sommes à l'aîné de ses gendres qui, ruiné par la crise boursière de 1929, entraîna la famille avec lui dans sa chute. On conserva les meubles, la vaisselle et des idées d'avant la faillite sur les classes sociales et sur l'ordre du monde.

Il y avait chez ces hommes et ces femmes de la Belle Époque une singularité que les normes se sont depuis chargées de gommer. Le monde était pour Jeanne un système de cercles concentriques au centre desquels elle trônait. Sa royauté souffrait à peine la concurrence lointaine du Saint-Siège ou du palais de Buckingham, dont la reine avait le défaut d'être anglaise. Autour d'elle, les princes de son sang, puis le peuple gentilhomme des Canadiens français; le reste formait le tiers état: anglais, étranger, commun. Une forme d'élection, une grâce particulière préservait du péché sa lignée tout entière et elle choisissait avec soin ses confesseurs qui devaient confirmer le dogme. Tous ceux qui l'approchaient participaient de cette gloire: ainsi ma mère, qui ne lui ressemblait en rien, était-elle à ses yeux comme elle en tout. Il était impossible de lui présenter les choses sous un autre angle car elle fondait en larmes à la première contradiction. On surprenait au reste rarement sa vigilance et elle n'écoutait les propos d'autrui que le moins qu'elle pouvait. Ses conversations étaient des soliloques; regarder un film en sa compagnie, une expérience stupéfiante, car elle parlait sans discontinuer: un soir, devant *Fitzcarraldo*, dont le sujet pour elle demeura Caruso, elle me conta deux heures durant ses souvenirs d'opéra, puis des Ballets russes et de la Pavlova, dont elle prononçait le nom avec un curieux trémolo. Elle avait ainsi traversé sans férir des époques difficiles. Sa gaieté surnageait à tout. Je l'ai vue à près de quatre-vingt-dix ans secouée de fous rires après qu'une de ses sœurs, de peu sa cadette, lui eut confié qu'elle voulait se faire nonne. Et, cependant, comment ne pas voir poindre l'angoisse sous la légèreté ? Elle n'avait jamais voyagé, préférant son « beau Bordeaux » aux prestiges risqués de l'exotisme. En 1967, l'exposition universelle lui permit un tour du monde en abrégé digne des anciens empires coloniaux ; elle fit une ample moisson de bibelots de toutes provenances, qu'elle rangea dans des coffres. Peu après, elle cessa complètement de sortir. Le temps s'arrêta, elle eut soixante ans durant des décennies – jusqu'à ce qu'ayant senti l'intérêt du grand âge, elle se fît à la fin tout d'un coup centenaire. Elle avait fermé sa porte au chaos trivial ; chez elle, tout était miraculeusement ordonné, précieux, fragile. L'ostéoporose l'avait transformée peu à peu en cristal. Les derniers mois, des cauchemars la tourmentaient : on l'enlevait nuitamment, des inconnus la guettaient aux fenêtres. Cette souveraine menacée dans ses États avait senti la mort venir : avec fermeté, elle s'était dépouillée lentement, par legs entre vifs, de ce qu'elle ne voulait pas laisser au hasard de la succession. Un après-midi, la princesse Bibesco, dans son hôtel du quai de Bourbon, dit à sa demoiselle de compagnie qu'elle avait entendu du bruit pour l'éloigner, et mourut. Une simple sieste la fit entrer dans l'éternité.

Je n'étais pas avec elle, j'étais parti, dans la plus grande confusion, étudier aux Langues O' à Paris. C'était un temps de convulsions.

La chute du mur de Berlin, l'exécution de Ceauşescu se mêlent à présent dans ma mémoire – des flots de Roumains déferlèrent cet hiver-là, à pied et en loques, mendiant leur pain sous la galerie du Louvre. En ces mois où je luttais avec le Spleen, la mort de Mamie fut un coup reçu dans la cohue. Au fond, je ne la savais pas partie : je n'avais pas vu la dépouille ni assisté à la mise en terre, et l'irréalité de son absence me surprenait si parfois je croisais son parfum dans un lieu public. Son fantôme continua de flotter près de moi ; dans les moments difficiles, je m'adressais à elle comme à un génie tutélaire. Sans doute m'a-t-elle reproché de ne pas aller la voir – ou de ne pas la laisser partir ? –, car j'ai mis quinze ans à me rendre sur sa tombe – un projet sans cesse formé, puis remis, comme si je redoutais cet adieu. Enfin, j'y suis allé, un jour d'automne ; des pans de lumière tombaient des frondaisons comme des chasubles d'or et je tremblais à l'approche du caveau où elle repose. Je me sentais si égaré que je ne vis pas d'abord la pierre, mais quand je l'eus trouvée, je m'assis à côté. *Le sang qui s'écoule vers les hommes jaillissait parmi les racines. Il semblait dans l'obscurité lourd comme du porphyre. Hors lui rien n'était rouge.* Ses os sous terre étaient si proches, je craignais de ne pas avoir le courage d'y faire face.

Est-ce le reliquat d'un rêve ? Au réveil un souvenir pénible m'a envahi : je dois avoir trois ans, ma mère se penche sur moi et badigeonne de bleu de méthylène le fond de ma gorge ; je goûte encore l'amertume de l'antiseptique qui m'était un supplice. Je ne sais si les maladies que l'on a eues enfant ne sont pas les prémices de la mort qui nous est promise et dont Rilke écrivait qu'elle mûrit en nous. Les miennes ont poussé dans mes voies respiratoires et sur ma peau : éclosions, déhiscences, gonflements d'une flore étrange sur mes membranes, comme une enveloppe douloureuse qui m'aurait isolé de l'air. L'eczéma, les aphtes, les amygdalites, l'asthme, les allergies paraissaient annoncer un monde hostile que mon corps rejetait. Je suis devenu rapidement familier des onguents et des inhalations. La naissance de ma sœur marqua l'époque de la plupart de ces affections, ou du moins celle de leur recrudescence. Mes allergies se multiplièrent : agrumes, laine, duvet, poisson, tomates, poussières, graminées. J'avais au matin, surtout l'été, les yeux clos par l'œdème, scellés par le mucus ; et ma respiration sifflante, les crises qui contractaient mes bronches me laissaient agité et sans force, agonisant d'inconfort entre mes draps. Les creux de mon corps se couvraient d'éruptions au sortir du bain, la moindre humidité gerçait mes doigts ; à l'école, je pouvais à peine tenir mon crayon l'hiver entre mes mains tant elles étaient crevassées. Tout cela finit par s'atténuer ; ma sœur devint une compagne de jeux ; ainsi s'usent les douleurs mêmes. Mais sous la formation réactionnelle qui lisse l'épiderme, le psore n'est-il pas simplement rentré ? ne pousse-t-il pas en dedans ses rhizomes, sa vie sourde n'y déploie-t-elle pas d'étranges ramures ? comme ces noyaux de prunes ou de cerises qu'enfant nous avalions par mégarde et dont nous imaginions la lente germination dans nos entrailles, l'irrésistible remontée et la floraison triomphale entre nos dents. *Et sa mort la remplissait comme une abondance. Comme un fruit de douceur et de ténèbres, elle était pleine de sa mort énorme et neuve, et ne comprenait rien.* Au Musée de la Charité de Berlin, la salle d'anatomie pathologique offre l'image éveillée de ce cauchemar, pleine de fœtus dans des bocaux, de crânes défoncés par la syphilis, de fragments de peau déformés par des excroissances ; l'habitation du vivant par la mort, sourde d'abord, puis croissant, emplissant l'être, crevant la frêle enveloppe, substituant à la voix ses cris d'ombre.

À Chatham, où je suis descendu, des centaines de phoques ont l'air échoués sur la flèche de sable gris qui prolonge la plage au sud, et la mer de six heures est d'un lavande extraordinairement pâle sur le Nantucket

Sound, qui rend l'horizon indéfinissable et doux. Les chalutiers et les voiliers naviguent vers le port, là où jadis passaient les baleiniers, chargés d'huile et de harpons; aujourd'hui la foule des badauds vient voir les mareyeurs débarquer dans l'odeur forte des baudroies et du *bluefish*, avant d'acheter sagement leurs prises à la poissonnerie du quai. Y a-t-il une dégénérescence propre aux lieux? une maladie qui, atteignant leur mémoire, les amoindrit, les évide, ne laissant à leur place qu'un décor sénile – luxueux ici, clinquant ailleurs? Cette discontinuité subreptice sous l'apparente continuité m'angoisse, car nos rapports avec les lieux que nous habitons sont viscéraux. Ma grand-mère Jeanne s'était fixée à Bordeaux comme une huître sur son rocher; et ma mère, née sur les bords du fleuve, demeure attachée à ses rives à la façon d'une plante aquatique – nymphe qu'affaiblit l'éloignement des eaux et que leur proximité vivifie. Les lieux s'inscrivent en nous, ils s'y déposent, ils rayonnent dans l'obscurité; il est vain de se déplacer pour les retrouver, je le sais à présent. En passant sur le bord du Richelieu, il y a quelques années, je n'ai pu reconnaître la maison que l'aînée des sœurs de mon père, grande femme d'une beauté altière encore à plus de quatre-vingts ans, avait achetée à Saint-Antoine au début des années 1960: la demeure ancestrale, les dépendances, l'allée de peupliers, rien n'était intact, était-ce même bien là ? J'y ai logé l'image des fêtes costumées d'août, quand toute la famille se rassemblait, et l'un de mes plus anciens souvenirs prend place devant la cuisine étroite, qui a laissé dans ma mémoire son parfum de sauge : en une scène à la Chagall, son compagnon, mort quand j'avais trois ans, me prend sur ses genoux et me joue du violon. Quel sens peut avoir cette vignette surnageant quasi seule au naufrage de ma petite enfance ? Et quel mal-être me pousse donc à me détisser ainsi, en remontant les chaînes d'un nœud à l'autre vers l'origine ?

Le quartier dans lequel j'ai passé ma jeunesse était situé au bord de la rivière lui aussi, sur l'île Jésus. L'ancienne seigneurie jésuite, plus ancienne que Montréal même, acquise par monseigneur de Laval et devenue propriété du Séminaire de Québec, avait eu pour premier habitant mon ancêtre Olivier Charbonneau : sans le savoir, mes parents en s'y installant remontaient vers leur source. Une fusion avait scellé, peu avant notre arrivée, le sort des quatorze municipalités de l'île : Laval-des-Rapides s'était fondue dans la ville de Laval, banlieue hydropique et vulgaire que j'ai fuie lorsque je l'ai pu, mais qui conservait encore à cette époque des traces de sa première ruralité. Près de notre maison, dans le prolongement de la rue, un bois municipal encerclait des terres agricoles où l'on cultivait le maïs et la citrouille. Vingt années de promesses électorales n'avaient toujours pas abouti, quand je quittai la région, au prolongement à travers cette friche du boulevard voisin vers les grands centres commerciaux situés plus au nord : nous demeurions enclavés sur trois courtes avenues, qui allaient de la rivière au bois dans un élan vers le progrès interrompu par le terrain vague.

Le temps décante les souvenirs. Les environs de ma maison d'enfance me semblent raréfiés quand j'y pense, telles demeures s'évanouissant lorsque d'autres persistent : les proches voisines, bien sûr, mais d'autres aussi plus distantes, surnageant à la confusion par une faveur inexplicable. Le reste n'a pas tant disparu qu'il ne s'est estompé, réduit à un fragment parfois dans l'indécision de l'ensemble. De la petite maison d'en face je ne me souviens de rien sinon qu'elle se trouvait sur une hauteur, de la seconde au nord, que du désordre du jardin. Évidemment, je n'y connaissais personne. Mais en celles de mes amis même quelques traits ont fini par tenir lieu du tout. Chez F. L., compagnon joufflu de mes jeunes années, c'est le placard de sa chambre qui s'est fixé dans ma mémoire, car nous y avons risqué des jeux exploratoires dans une obscurité propice ; aucune image ne s'est donc greffée sur ce souvenir pourtant si vif, mais des sensations physiques, l'émoi de la transgression, et le lexique graveleux et puéril qu'il m'apprenait. Ainsi, sous la mémoire des lieux se dissimule en dernière analyse celle du corps, dont tout le reste n'est peut-être que le prolongement. Le quartier, réduit par la mémoire à une épure, au tracé d'un plan semé d'objets comme dans le décor de *Dogville*, présente ici et là des signes inquiétants, des lieux marqués d'un X. Ainsi, au bas de la 58e Avenue, s'élevait la demeure d'un solitaire possédant trois bergers allemands. C'était un grand homme sec, blanc, allemand lui aussi, sexagénaire, d'une vigueur nerveuse et qui promenait ses molosses au bout de chaînes tendues par l'effort. J'en avais peur. L'un d'eux avait mordu mon chien lors d'une mêlée, lui laissant près de l'œil une blessure dont on voyait la cicatrice. Parmi les enfants, la rumeur courait que l'homme était un ancien nazi vivant caché, et nous le regardions comme un être très dangereux. Plus haut, sur ma rue, adossée à ce qui me paraissait une forêt, il y avait la maison d'un vieux Polonais. C'était un *bungalow* semblable aux autres, mais dérobé par une jungle miniature, un carré de Tropiques aux luxuriances indomptées, d'une sauvagerie qui scandalisait les gens du quartier. J'étais envoûté par ce jardin impénétrable, semé d'espèces géantes et rares, avec un étang et un chimpanzé – c'était du moins ce que l'on disait. J'y suis allé un jour, pour m'en assurer, avec un camarade entreprenant : nous devions avoir dix ans. Je ne sais plus du tout ce qui s'y est passé, mon unique vrai souvenir est celui d'avoir été là-bas ; mais sur ce canevas modeste, mon imagination brode à son tour un bouquet de motifs confus, d'orgues de Barbarie, de gâteaux et de magie blanche, poésie biscornue qui donne à cette visite l'air irréel et défendu d'une scène de Fellini.

En allant vers la friche, les maisons se clairsemaient, puis cessaient ; le bout de la rue, envahi d'herbes hautes, était entaillé d'un ravin qu'il fallait franchir pour accéder au bois. Il y avait deux passages : à l'extrémité du boulevard, ouvert, dégagé, était celui des familles ; on l'empruntait le dimanche pour la promenade. L'autre, escarpé, dangereux, se trouvait sur ma rue : seuls en usaient les gamins en mal d'illégalité. Il m'est arrivé d'en passer par là, et la sensation était forte. De l'autre côté, un champ de graminées vous dissimulait aux regards de vos poursuivants : complots, rixes, baisers, plaisirs solitaires y affrontaient l'émoi d'une possible rencontre ; la sensation de la nudité parmi ces foins, avec l'effluve du sol qui remontait le long des jambes, était affolante. Plus tard, des chantiers furent entrepris qui comblèrent le fossé et des maisons voyantes s'élevèrent sur le *no man's land*, transformé en jardinets puis creusé de piscines : le temps de la déviance était terminé.

Le temps personnel, pas plus que le temps historique, ne s'écoule uniformément ; ou plutôt, ce temps homogène ne présente aucun sens : seul compte celui qui passe d'un coup, et qui fait penser moins à l'eau d'un cours paisible qu'aux masses d'une avalanche précipitées vers l'abîme. Ce qu'il y a d'étrange est que de tels passages ne répondent pas toujours aux événements marquants de notre vie, ceux dont on dit qu'ils ont un avant et un après : ce sont parfois des accumulations imperceptibles, de progressifs dérapages, l'écho répercuté de lointains épisodes qui forment pour finir en nous le foyer d'une révolution. Entre deux, c'est un présent perpétuel, ce qu'on pourrait appeler une époque ; et, suprême paradoxe, j'habite essentiellement mes époques révolues : elles sont ma véritable demeure, mon sol et ma patrie. Celle de ma naissance m'a longtemps paru contemporaine, ses bâtiments, ses modes, ses objets plus ou moins actuels. Le passé s'étendait jusqu'à moi ; ou était-ce le présent qui s'attardait ? Cette perpétuité prit fin brusquement. Du jour au lendemain, les années 1960 devinrent plus lointaines que des galaxies, on renouvela les garde-robes, le vieux téléviseur céda la place à un écran moderne.

Nous perdîmes insensiblement dans le progrès la poésie de ces objets vétustes, carrés, têtus qui nous entouraient. Ainsi, mes parents possédaient un antique séchoir à cheveux, qui ressemblait aux postes de radio d'entre-deux-guerres : un lourd boîtier muni sur le devant d'une roulette pour régler la chaleur de l'air, tout entier d'un dur plastique beige qui était alors le dernier cri ; sur le côté, une porte coulissante découvrait un compartiment où l'on rangeait le bonnet et le tuyau, étrange serpent translucide aux anneaux apparents. Pendant toute mon enfance, je l'ai vu dans leur chambre, posé au haut du placard avec les perruques de ma mère sur leurs têtes de styromousse ; puis il a disparu, emportant avec lui les fins d'après-midi pluvieuses où, après le bain, assis sur le couvre-lit blanc et bien au chaud, je récitais pour mon père les capitales du monde, que je savais par cœur, qui me semblaient éternelles, et qui vacillent aujourd'hui.

Nous avions, au sous-sol, un téléviseur posé sur une étagère de la bibliothèque et qui donnait dans l'ombre de la cave par un huis du mur mitoyen. Alors que les écrans couleurs faisaient la joie de nos camarades, nous fûmes longtemps prisonniers de ses images grises qui sautaient ou qui grésillaient sous la neige des ondes. Lorsque ce hoquet devenait trop aigu, mon père se rendait dans la cave et lui flanquait quelque bonne taloche qui le remettait d'aplomb. Un appareil moderne succomberait à ce traitement – il est vrai que les images haute définition des écrans plasma ne sautent pas – qu'on se sentait pourtant à infliger une sorte d'exultation. Tout autour, les livres se tenaient sur des rayonnages peints en jaune, comme étaient peints en jaune le buffet, le divan, la table et le piano d'acajou centenaire, ce qui ne manquait pas de faire beaucoup d'effet. Les rideaux, les coussins, les lampes aux couleurs acides – des orangés, des verts clairs – composaient sur ce fond un tableau d'une laideur disparate, qui est le vrai caractère des pavillons de banlieue. Dans l'obscurité bienfaisante, on allumait le téléviseur : cela prenait un temps que la jeunesse pressée n'imagine plus, nous avions tout loisir de monter à la cuisine chercher un biscuit ou un verre de lait, de longues minutes s'écoulaient avant que ne se matérialisât l'image tremblante de Sol et Gobelet, affairés à quelque tâche absurde et géniale. Je suis d'une génération d'enfants – la première ? – grandis avec la télévision. Je regardais invariablement, année après année, dans le temps suspendu, *Bobino* au retour de l'école, puis selon les jours, *Grujot et Délicat*, *La Ribouldingue*, *Fanfreluche* ou *Sol et Gobelet*. Il y régnait une liberté de fantaisie disparue depuis avec les mandats éducatifs et les technocrates. Avant le souper du samedi jouaient les dessins animés de *Bagatelle*, que j'attendais avec passion. La nostalgie me prend lorsque j'y pense, comme si s'était réfugiée là plus qu'autre part la joie propre à l'âge tendre, qui se dissipe irrémédiablement avec lui.

Je rouvre Rilke, je lis plusieurs fois lentement *Orphée. Eurydice. Hermès.* Terrible leçon pour quiconque est tenté de partir en quête de ce qui est enfoui. N'aurais-je pas dû laisser passer l'orage plutôt que d'en vouloir à tout prix sonder l'origine, comme si je devais y apprendre une chose essentielle et salvatrice, un sens perdu? Mettre ses souvenirs en ordre, n'est-ce pas en constater l'insignifiance? Et quand bien même la chose unique et nécessaire serait ensablée là, la saisit-on jamais? Elle glisse et s'échappe. *S'il eût été permis qu'il se retournât (si ce regard en arrière n'eût signifié la ruine de toute l'œuvre déjà accomplie) il eût pu les voir.* Sa vie durant, l'on bâtit des architectures fragiles sur des sols semblables à ceux de Rome ou d'Athènes, qu'il vaut mieux ne pas trop creuser car ils sont minés par les morts. Depuis plusieurs jours, je reste enfermé. Je regarde la pluie d'été tomber sur les hydrangéas par la fenêtre de ma chambre, les dunes aux palissades inclinées, la mer houleuse et sombre. Je parle avec Ann des heures au téléphone, oppressé, dans l'attente du malheur. Quelque chose d'archaïque en moi, d'animal et sans nom, semble croire qu'une vigilance de tous les instants me permettra de parer l'inéluctable : la proie tendue guette le fauve qui la dévorera, comme pour lui échapper. Je suis Orphée. *Son regard courait au-devant comme un chien, et revenait, pour sans cesse à nouveau se poster en attente très loin au tournant prochain – et son ouïe s'attardait comme une odeur.* Mais tout cela pour rien, car Eurydice est perdue. Ann m'écoute patiemment. Je lui dis mon désarroi, ma vie qui se dérobe comme un sentier parmi les herbes, mon égarement sur ces plages et ces landes où je ne sais plus que faire ; elle me rassure, malgré la distance, me conte les faits saillants des derniers jours. Brock lui a vendu deux groupes en bronze, je m'en réjouis avec elle. Puis nous évoquons mon retour. Le soir tombe autour de ma lampe et il me semble que le ciel, piqué de rares étoiles comme de clous taillés dans du quartz, se referme sur moi en m'enveloppant comme un linceul.

J'ai pensé tout laisser là. Pourtant, quelque chose me retient, malgré la désillusion du sauvetage. Quelque chose à comprendre.

Dans ces opérations de mémoire, peut-être par réflexe suis-je en somme demeuré hors de moi : la famille, le quartier, le milieu invitent à se saisir de l'extérieur, dans la rareté de l'archive. Et si je recommençais du dedans? Entrer dans la maison, dans mon corps que la maison déploie, dans la mémoire de ce corps accroché aux murs et aux portes, à la façon de lambeaux qu'il faudrait rassembler. M'incorporer les êtres même, le côté de ma mère et celui de mon père ayant structuré ma vision du monde comme ceux de Guermantes et de Méséglise, vrais points cardinaux, séparés pour le seul narrateur de la *Recherche* et se télescopant au terme du roman, levant sur sa carte mentale un coin de voile et de mystère.

Mes Guermantes étaient grandioses. Ma grand-mère Jeanne, à trois ans, repassait les mouchoirs et cuisait les gâteaux; tel de mes oncles adolescent mangeait pas moins de cinq kilos de pommes de terre en un repas; et il y avait Loulou, la chatte des voisins, rousse, énorme, monstrueuse, qui les avait terrorisés. On ne s'accordait pas sur son tonnage. Lors d'un repas de Noël, il y a bien des années, mon père l'estima à douze livres; devant mon air incrédule, il appela l'un de ses frères en renfort, qui dit qu'elle en pesait au moins dix-huit. Je me récriai, soutenant qu'ils allaient trop fort, fis tant enfin que l'aînée de leurs sœurs, attirée par nos cris, affirma d'un ton sans réplique qu'elle pesait trente livres et qu'elle escaladait les murs de briques. Je riais à la pensée de ce tigron obèse, dont les griffes étaient un défi à la maçonnerie et aux lois de la gravité.

Méséglise était austère. Mon grand-père, Horace, avait de ce prénom le laconisme antique ; il était boucher, et pourtant effacé, presque timide. Ce fils de fermier avait épousé, sans que je sache comment, la fille d'un riche homme d'affaires un peu excentrique, Arthur Laniel. Cécile était un curieux composé de puritaine, de chef d'entreprise et d'aventurière : cette grande voyageuse, cette véritable globe-trotter portait des cilices et s'évanouissait sur le plancher de la cuisine où ses enfants la trouvaient en rentrant dîner. Elle dirigeait pourtant sa famille d'une main de fer. Son goût du risque – elle se blessa quand j'étais petit dans un accident de motoneige et commença le ski nautique à soixante ans – n'avait pu venir à bout de sa ténacité : elle vivait encore, à la veille de ses quatre-vingt-dix-sept ans, amoindrie par les attaques, confuse, presque aphasique, atteinte de deux cancers, indéracinable après avoir réclamé le Ciel un demi-siècle durant.

Les divers aspects de mon être actuel datent au fond d'époques différentes, qui ont déposé en moi leurs couches successives ; ainsi, au creux d'une vieille église, la crypte carolingienne, sous la nef romane aux flamboyantes chapelles, rappelle la nature essentiellement sédimentaire de ce qui dure. Chacun pourrait sans doute retrouver en lui-même les traces d'une enfance animiste et superstitieuse enfouies sous les architectures de la raison : un talisman qu'on porte sur soi, le sentiment de crainte à l'orée d'une caverne ou d'un bois, la conviction qui m'habite encore que les arbres abritent des divinités primitives et indifférentes. Les tilleuls aux troncs noirs, les ormes dans les champs, les peupliers roides comme des lances qui se dressent vers la nue me frappent du respect dû à la majesté et de cette nostalgie poignante qu'on éprouve pour sa terre d'origine. Quand j'avais deux ans, papa bâtit une niche pour mon chien et pour moi, dans un coin de la cour, sous le vieux cèdre à côté de l'églantier. De cette niche, je n'ai gardé que des souvenirs tardifs ; mais par un de ces chemins de traverse dont la mémoire est coutumière, je me souviens avec une force hallucinée du tronc noueux du cèdre, noyé dans l'ombre, et de l'odeur balsamique qui tombait des rameaux, pris dans les branches d'un arbre énorme qui se trouvait tout contre, de l'autre côté de la clôture, et qui le prolongeait vers le ciel. Ce cèdre, je n'y comprenais rien, c'était une forêt et un mystère dans un corps torturé – quelque entrée de l'enfer ou d'un monde enchanté.

La remontée s'effectue vers des temps toujours plus incertains. Nous ne sommes pas à l'abri d'une interpolation et nos musées sont peut-être pleins d'œuvres forgées. Mais on s'efforce malgré tout d'atteindre à l'origine et de s'y arrimer, au péril de la fiction. Tel de mes rêves – j'avais deux ans je pense –, dans lequel mon chien traversait le ciel étoilé sur un lit à barreaux, pourrait-il avoir été frelaté à mon insu? Pourquoi donc ce souvenir-là m'est-il resté? Ou, parmi d'autres très anciens, celui-ci: ma grand-mère autrefois avait une vaste maison que traversait de haut en bas une chute à linge. Celle-ci me fascinait comme un vertige. J'ai le souvenir bien net, quoique faux certainement, d'avoir un jour sauté dedans, puis au bout du puits aveugle, de m'être échoué sur une mer de chiffons et de draps: naissance inversée dans l'obscure blancheur des limbes au champ de l'Asphodèle. Je comprends fort bien les Anciens d'avoir placé l'entrée des enfers dans des cavernes, des grottes aux puits sonores, des bouches d'où le flux et le reflux de l'ombre attirent vers le néant.

Ou encore celui-ci, je n'avais pas quatre ans: un conte que l'on m'avait fait à l'époque de la *tempête du siècle*, qui avait en quelques heures laissé Montréal ensevelie sous un mètre de neige. Incapable d'ouvrir la porte, mon père avait dû sortir par une fenêtre; et l'on se frayait à la pelle des chemins dans des rues méconnaissables. Un soir, il me raconta que partout les gens avaient dû creuser des tunnels pour rentrer chez eux, car leurs maisons se trouvaient sous la neige, comme des terriers. Un homme, qui allait dans l'obscurité, s'était trompé de tunnel et avait pénétré dans une demeure inconnue, où il y avait une femme et des enfants qui n'étaient pas les siens et chez lesquels, à la faveur de cette confusion générale, il s'était installé, prenant place à leur table et chaussant les pantoufles du maître des lieux, absent. Cette histoire, où la curiosité voyeuse s'exerçait par une usurpation innocente, me fascinait; et je me figurais un monde de sous-sol, insolite et douillet, où l'on pouvait impunément se coucher dans le lit d'un autre.

Ces *neiges d'antan*, hautes, surnaturelles, qui étaient une fête, me font voir aujourd'hui combien la vie nous désenchante. Mes souvenirs d'hiver sont touchés de la lumière indéfinissable d'un monde tout ensemble immense et clos, où je me suis blotti tant que je suis resté enfant – ensuite cette magie m'a semblé puérile, je m'en suis éloigné sans état d'âme, mes regrets n'y feront rien; j'en constate à présent la disparition avec effarement. Aucune photographie n'en a fixé le nimbe: je reconnais des lieux sans charme, les igloos qui nous semblaient des girons froids et doux y sont des mamelons incolores, les bonshommes de neige élèvent leurs silhouettes dans des cours glacées, je ne comprends plus le visage exalté de ce garçonnet aux joues pleines emmitouflé sous les lainages. Que s'est-il donc passé ? Bien sûr, tout paraissait plus considérable à mon œil en contre-plongée, les bancs de neige étaient immenses qui me vont aujourd'hui à mi-corps, leur éclat n'était pas terni par les fumées de la grande ville ; mais c'est autre chose qui me trouble, une chose impalpable, une façon d'habiter l'espace et d'en prendre possession, la joie d'une transfiguration venue du ciel et dont je ne concevais pas qu'elle dût prendre fin, l'absence de tout souci dans un paysage sans horizon.

Que faire pourtant de ces cauchemars où, couché sur la neige, je m'enfonce peu à peu, l'abîme glacé se refermant sur moi ? revers de mes souvenirs de jeux, diurnes et sans angoisse.

Au moment de pénétrer dans la maison, je m'arrête un instant, car elle n'existe plus. Je traversais jadis en coup de vent son vestibule au carrelage clair. Lorsque, beaucoup plus tard, je m'initiai aux arts de mémoire, j'y disposai les premiers mémentos du discours ou de la méditation, suspendus au miroir ou au portemanteau. Mais aujourd'hui, ce lieu comme beaucoup d'autres est sans aspérité et ne me retient plus ; au contraire, la cave, où je n'allais autrefois que le moins possible, est de ceux auxquels je pense encore. Il en est d'autres, bien sûr, et presque tous sont des recoins : celui qui se trouvait sous les tentures du salon, les deux petites armoires de l'escalier, la pharmacie, le placard de mes parents, le cagibi de la sécheuse ; mais la cave les résume tous. C'était le lieu de toutes les peurs et de tous les dégoûts, humide, obscur, un capharnaüm d'objets sommairement rangés, avec un établi encombré d'outils que je tentais en vain d'apprivoiser. Un peuple d'araignées y vivait malgré l'odeur des solvants ; et l'égout qui trouait le sol me paraissait l'entrée d'une trappe. Je ne comprenais pas la raison de cet espace avorté, hideux, où la matière n'était sauvée par aucune forme. Pis encore, il y avait la fournaise, dont l'aspect anodin et la bonne couleur tuile trompaient : derrière, où je n'osais presque jamais aller, on voyait par une ouverture les flammes du mazout en combustion – la gueule de l'enfer. Il est étrange que le souvenir m'en soit toujours pénible, que les génies qui habitaient les soubassements continuent de souffler sur moi de leur bouche blafarde. La maison que j'occupe aujourd'hui possède elle aussi son capharnaüm, mais il ne m'émeut pas : il est désert, nul démon, nulle vie souterraine, que du ciment sans âme. Le royaume du mal lui-même s'est désenchanté.

À l'autre extrémité de la maison se trouvait le grenier, auquel il n'y avait pas d'accès direct et où personne ne se rendait. Je ne savais ce qu'il contenait; jamais aucun mouvement, nul bruit; j'en oubliais complètement l'existence. J'aurais eu lieu pourtant de ressentir de l'inquiétude – et sais-je si ma bienfaisante inattention n'annulait pas quelque menace sourde –, car la trappe par laquelle seule on pouvait y monter se trouvait dans ma chambre, au fond de mon placard, où j'allais tous les jours. Je devais l'apercevoir du coin de l'œil, clignotant dans l'ombre comme un signal, le rappel d'une chose désagréable, proche et lointaine: liminaire. Pour être exact, il était dans l'année deux moments où mon père, juché sur une échelle, rabattait cette trappe et s'engouffrait dans le noir armé d'une lampe-torche. Au temps des grandes vacances, il y dissimulait les bijoux de ma mère à l'abri des cambrioleurs, enfouis près des cieux; puis, vers la fin de l'été, il y retournait avec un sécateur et s'y livrait à un jardinage insolite. C'est que les murs de la maison étaient sur deux côtés couverts de vigne vierge, dont les pampres alors rougissants portaient des grappes de raisins bleus, montaient jusque sur le toit, envahissaient fenêtres et gouttières, et s'insinuaient dans le grenier par les lucarnes; là, elles continuaient de pousser leur vie obscure et rampante, que mon père allait interrompre. Il arrachait et rapportait dans la maison des brassées d'un branchage mou, froid, livide, d'une blancheur de spectre et qui me remplissait d'horreur. La chlorose donnait aux tiges l'allure de longs helminthes, de créatures souterraines et réprouvées, tombées de ce cimetière qui surplombait ma chambre et sous lequel je dormais incompréhensiblement.

Dans ma chambre d'enfant, la fenêtre donnait sur le jardin. Un grand saule pleureur y laissait tomber du ciel ses rameaux fins comme des fouets; et j'aimais sa frondaison tendre dont j'observais les variations. Un hiver, j'avais peut-être cinq ans, une feuille tint bon contre le vent et la neige; je la guettais chaque matin avec inquiétude jusqu'au jour de mars ou d'avril où elle tomba. Je vouai à cette rare persévérance le respect qu'on doit aux mystères. Cet arbre n'avait plus devant lui qu'une année peut-être, car ses racines, sous la terre, étouffaient les conduites, ce qui contraignit mon père à l'abattre. J'en fus si affligé qu'il fallut longuement me consoler. Sa mort laissa un cratère affreux dans le sol, comme au champ de bataille les stigmates héroïques du combat.

Il est des ramifications curieuses à la mémoire, car non seulement les souvenirs ne nous arrivent pas toujours directement, mais ils empruntent parfois pour nous rejoindre des voies inattendues et parallèles, comme s'ils se transportaient hors de leur sphère naturelle dans une autre un peu éloignée qu'ils colonisaient. Ainsi, j'aurais tout oublié sans doute des rideaux à personnages qui ornaient cette fenêtre : sur le calicot blanc, des garçonnets et des fillettes aux champs, chassant les papillons, cueillant des cerises et jouant du pipeau comme les bergers des pastorales. Cependant, lorsqu'à sept ans je fis ma première communion, on m'offrit *L'Enfant et les sortilèges* de Ravel et Colette. Je n'y compris, je crois, pas grand-chose, et ne devins sensible à la fraîcheur de cette fantaisie lyrique que des années plus tard, adolescent déjà et un peu musicien. Tous les objets de sa chambre, que l'Enfant méchant a cassés, s'animent et chantent leur chagrin : la théière, le fauteuil, l'horloge et les petits pâtres du rideau déchiré :

Adieu, pastourelles
Adieu, oh adieu
Nous n'irons plus sur l'herbe mauve
Paître nos verts moutons…

Est-ce alors que cela se fit ? La mémoire lointaine s'est-elle tardivement greffée à l'œuvre d'art ? ou le souvenir hybride, obtenu prématurément, a-t-il dû attendre en sommeil que le temps de s'épanouir fût venu ? Je ne puis aujourd'hui écouter ce charmant duo sans que resurgisse l'image de ma fenêtre drapée, pâlie, confuse, presque en lambeaux.

Contre toute vraisemblance, le disque de Ravel m'avait été donné par mon parrain

Michel; l'on ne pouvait rien imaginer de plus étrange. Cet homme immense, colosse mesurant plus de deux mètres et pesant près de cent cinquante kilos, dans un monde bien fait eût dû m'offrir un autre de mes disques, le conte de Chabrol intitulé *Titane et Bougrenette*, car Titane était un bon géant auquel j'eusse pu prêter ses traits. Mais dans ses aventures avec l'espiègle Bougrenette, que je connais encore par cœur, il avait sur mon oncle un avantage de présence si décisif que c'est l'inverse qui s'est produit: j'accordai à Michel les traits de Titane et je lui conférai ainsi le privilège de se mouvoir dans mon univers d'enfant, où il n'aurait eu sans cela aucune chance d'être admis.

Par ma fenêtre, je pouvais voir au-delà du jardin, là-bas, au nord, la silhouette des arbres se profiler dans le lointain. Elle marquait l'orée des bois, défendus par une grille comme dans les contes, lieu sauvage qu'enfant je croyais habité par les ours, les loups et les fées. J'appris plus tard que ces bois n'avaient pas trente mètres de profondeur et qu'ils abritaient les biologistes de l'Institut Armand-Frappier – on les voyait passer parfois dans des jeeps derrière les clôtures. Cela n'a pas suffi à désacraliser la forêt: hautaine, ombrageuse, elle s'est chargée pour moi d'une densité qu'encore aujourd'hui je m'explique mal. Cette magie de la beauté primitive, en découpe sur le ciel du soir aux teintes prune, surtout l'hiver, lorsqu'il est lourd de neige, a concentré tous les pouvoirs de la poésie ; la puissance des fûts projetés aux étoiles, l'âme du sol qui monte à travers le bois gris, puis se déploie en rameaux nerveux, déliés, éclaboussant la nue, cette inhumanité d'écorces et de feuillages m'attire comme un destin.

Ma chambre. Le placard, où je me cachais pour lire quand on voulait m'envoyer dehors, était une catacombe, emplie de vêtements morts pendant d'un gibet invisible. Figure de la mélancolie.

Je suis allé passer une heure au musée de la Truro Historical Society. Ils ont reconstitué à l'étage une maison du XIXe siècle, avec ses meubles, ses poupées, ses lampes à huile, son poêle; et au rez-de-chaussée, une salle d'exposition maritime contenant des instruments de navigation en cuivre, des objets rescapés, des cartes, des modèles réduits. Un instant, j'eus le sentiment que ce musée, c'était moi : en haut la maison, en bas le naufrage, avec entre eux d'incertaines passerelles, des escaliers interrompus par des cloisons, condamnés. Je suis sorti. J'ai marché jusqu'à un banc au bord de la falaise, à l'emplacement où G. Washington avait fait construire le phare en 1797, sous un ciel noyé d'embruns.

Les lieux de ma mémoire, réverbérés en moi, éclairent mon amenuisement: je suis là, devant cette mer large comme l'enfance, violente comme elle et indomptée, recroquevillé plutôt qu'assis, sidéré par cette perte de volume. Ce ne sont pas les souvenirs seuls qui s'abîment, c'est l'être même. J'écoute le fracas des vagues qui roulent, illuminées de l'intérieur, sur le sable infini. Ma jeunesse, derrière moi, derrière les portes closes, visible à peine à travers les carreaux, est hors d'atteinte. *Elle était dissoute déjà comme une longue chevelure, donnée comme une pluie déjà tombée… Déjà elle était racine.* Dans mon dos les herbes ondulent sous le vent, les rosiers bougent couverts de fruits. Personne n'entend pleurer.

Tout ce qui était rite ou fête s'est éteint. Le ravissement des préparatifs a fait place à la foule des opérations sans charme. Ainsi, autrefois, la confection d'un sapin de Noël répondait à des règles immuables, antiques, aux raisons cachées: mon père se chargeait de l'œuvre, ma sœur et moi exécutions ses ordres; nous lui donnions, selon qu'il le voulait, telle branche de l'arbre artificiel, telle bourre ou tel filage. Je détestais au fond ce bourdonnement préliminaire autour du squelette découvrant sa misère avec honte; je n'aimais l'arbre qu'à mesure que l'illusion prenait forme: les lumières de couleur, les guirlandes, les boules de verre soufflé teintes au mercure – apanage de ma mère –, les glaçons de papier d'argent qu'il nous fallait enfin suspendre aux branches bénédictinement pendant des heures, cette supercherie enchanteresse à laquelle je cédais comme à une foi me ravissait. Le mystère avait lieu : il m'était permis de ne pas comprendre.

Mais cette époque est révolue – depuis quand ? –, et je ne découvre qu'à présent la métamorphose qui un jour m'a laissé pantelant sur le rivage, comme la sirène en proie à la souffrance de ses jambes neuves. M'a-t-on promis monts et merveilles pour que je quitte ainsi, sans espoir de retour, l'onde fluide et rythmée ?

Petit garçon, j'ai cru en la présence de Dieu, aujourd'hui dissoute. J'accueillais sans révolte les cours de catéchèse incolores que dispensait l'école, comme le voulait la commission scolaire catholique dont elle relevait. À sept ans, je fus choisi par le curé, à la recommandation de mon institutrice, pour lire un extrait de la première épître de saint Paul apôtre aux Corinthiens lors d'une messe dominicale. La sainte extase, l'odeur de l'encens me troublèrent tant que sitôt ma prestation terminée, je m'évanouis dans la sacristie. La grâce pouvait-elle avoir un goût de syncope ? Je me contentai désormais d'assister à la cérémonie : je m'y rendais tous les dimanches ; j'appris la liturgie, le *Credo,* les réponses ; je voulais faire partie du troupeau des fidèles. Il est vrai que j'avais aussi des phantasmes d'élection, car j'imaginais que pendant la messe les cieux s'ouvraient pour moi, fils bien-aimé, foulant au pied mes ennemis du préau. Je m'exerçai à léviter. Cependant, le curé n'avait point de génie : c'était un orateur médiocre, je me dégoûtai de ses sermons ; mes yeux se dessillant, je vis que notre église était laide ; le sentimentalisme de la pastorale me parut ridicule. J'avais treize ans : la crise était venue. Je ne m'en suis jamais remis, et j'ai depuis cherché partout, depuis les classiques du taoïsme jusqu'aux *Pensées* de Pascal, le chemin d'une foi qui se refuse et me laisse désemparé. *Tu ne me chercherais pas si tu ne m'avais trouvé.* Trouvé, mais perdu : l'aphorisme est cruel.

En faisant à Wellfleet des emplettes pour le dîner – homard, vanille, pêches –, j'ai pensé que la poésie sans doute, mais aussi la bonne chère, avaient pris chez moi la place laissée vacante par Dieu. Ce serait burlesque, tant l'estomac est trivial, si la gastronomie transcendante ne s'était élevée de haute lutte au rang des beaux-arts et si le repas, ce rituel, n'avait quelque chose d'une messe à laquelle officie le cuisinier. Je ne saurais dire au juste quand j'ai compris cela. Il faut dire que les occasions étaient rares. Nous ne mangions presque jamais hors de la maison, sans doute par souci d'économie. Mes parents consignaient chacune de leurs dépenses dans un livret, rangé dans un tiroir de la cuisine. Le restaurant japonais auquel on nous invitait pour l'anniversaire de ma mère nous transportait par son caractère exceptionnel. J'ai pourtant le souvenir d'une hôtellerie que je croyais à Boston, mais que j'ai retrouvée la semaine dernière à Chatham : le Queen Anne Inn. Je devais avoir neuf ou dix ans lorsque j'y suis allé. Je ne me rappelle pas ce que j'y ai mangé, mais je revois la vaste salle à dîner, les nappes empesées, le seau à glace, le sommelier en frac avec une serviette au bras : tout un luxe dont je sentais qu'il doublait le cérémonial, qui est la coquille de la grande cuisine. Cependant mes parents recevaient ; et, parvenus à un certain âge, ma sœur et moi avons eu droit à la nourriture des adultes. Mon père préparait des animelles que lui procurait son boucher, poêlées je crois, puis liées à la crème après déglaçage au vin de Madère ; ce mets rare et aphrodisiaque, que nous appelions *amourettes* par une erreur touchante, nous en cachions soigneusement la nature à nos invités, ne leur révélant qu'après coup que ces rondelles de chair fondante dans leurs assiettes, nappées d'une sauce couleur d'ivoire et sur lesquelles ils se pâmaient, étaient des testicules d'agneau. Il y a dans la gastronomie une part de surprise et une part d'infraction, toutes deux indispensables, et qui font qu'elle ne peut en aucun cas devenir la règle, malgré l'étymologie. Un soir de réception, mes parents m'envoyèrent chercher dans le buffet de la bibliothèque la vaisselle des jours de fête. Je transportai avec une crainte respectueuse les instruments de la cérémonie comme s'ils eussent été consacrés, gravissant les marches qui menaient à la salle à dîner avec d'infinies précautions, admirant la porcelaine laiteuse à filet d'or, l'argenterie pâle, les coupes ciselées, la ménagère dans son coffre de bois noir. Chaque chose ayant sa place que je retins avec une facilité passionnée, j'y fus envoyé de nouveau la fois suivante, puis cent autres fois encore. Depuis, les vaisseliers sont devenus mon apanage : beurriers de vieil argent à décor de chasse, cristaux de Bohème, verres à fines soufflés dans de la pâte de couleur, cuillers à sucre en forme de conque, couteaux de nacre ; je m'y perds comme l'avare en ses coffres, comme en ses sofas le voluptueux. Sybaritisme d'un esthète dont la table est le domaine.

Si l'on remonte assez haut dans l'enfance, toute bonne chère disparaît : il n'y a que les aliments que nous aimons et ceux que nous n'aimons pas, opposés dans leur violence primaire. Cette géométrie cristalline mais changeante répond à un espace où le goût n'est pas distinct de l'affectivité, où la chimie répond aux états d'âme. Ceux chez qui perdure trop complètement cette disposition originelle ne peuvent accéder à la gastronomie; mais les gourmets eux-mêmes continuent de *manger leur enfance* – selon la formule d'un chef étoilé –, débarrassée de ses scories et savamment transposée. Ainsi puis-je me pencher sur mes souvenirs anciens de nourritures comme sur des thèmes auxquels la suite des temps allait donner des variations. La plupart sont difficiles à dater car ils s'étendent sur de longues périodes: ils sont formés de sensations itératives, associées à des personnes, à des lieux, à des objets. Mon grand-père maternel, mort quand j'avais neuf ans, possédait une belle boucherie au marché Atwater; il nous fournissait le week-end de biftecks d'aloyau qui ont durablement marqué mon goût pour les viandes. Cet homme si sec brûlait de poivre tout ce qu'il mangeait et couvrait d'un nuage noir les soupes de ma grand-mère. Celles-ci méritaient leur réputation: c'étaient des sortes de *minestre* aux innombrables légumes détaillés en brunoise, qui lui prenaient à faire des heures tous les après-midi. Elle cuisait aussi des galettes à la mélasse que j'adorais; et je revois à leur seule évocation les soirs d'été à la campagne, les au revoir dans le contre-jour de la porte, avant que nous ne remontions la côte abrupte qui nous menait vers la grand-route.

Il y avait dans l'escalier qui descendait de la cuisine vers l'entresol une armoire peu profonde où l'on trouvait des boîtes de soupe Campbell's, alignées comme dans ces toiles d'Andy Warhol que je ne connaîtrais que beaucoup plus tard ; alentour, d'autres conserves, de maïs en crème, de lait concentré, de moutarde en poudre, toute une nourriture qu'aujourd'hui je n'achète plus, désuète, *rétro.* De même nous avions des essences artificielles d'érable, de vanille et d'amande, des carrés de chocolat Baker's, du mélange à crêpes Aunt Jemima, du riz Uncle Ben's – et ce *low food* de notre époque était le *high food* d'alors, la modernité culinaire, le rêve américain. Sa proximité avec les produits fins – la moutarde de Dijon dans son pot de faïence, la marmelade de Dundee –, avec les livres de Bocuse ou de Paulette Buteux dans leur niche au-dessus de l'escalier, cette proximité ne nous choquait pas, elle nous paraissait naturelle, comme en leur temps sans doute tous les amalgames de la culture. Du reste, les enfants aiment les saveurs simples des ersatz. Longtemps j'ai dégusté avec délices des biscuits à l'érable ou au chocolat élaborés dans des laboratoires, dont j'ai fini par me méfier, puis par me dégoûter. Nombre d'années plus tard, j'en ai acheté une fois, afin de retrouver ce plaisir que je dérobais jadis dans le massif pot à biscuits qui nous tenait sous son emprise sur le comptoir de la cuisine. La nostalgie doit être prête à bien des sacrifices : c'était sucré, synthétique, abominable. Tout mon corps avec moi s'était cultivé, interdisant le retour aux nourritures frustes.

À la fenêtre de ma cuisine, dominant la baie de Cape Cod, je baigne dans un beurre infusé de vanille les chairs délicates du crustacé ; mon verre de vignoles, provenant du vignoble voisin, jette un éclat doré sur la nappe. Ce sera bon et un peu triste, comme bien d'autres choses.

L'enfance s'acheva dans le tumulte, le temps immobile dans lequel j'avais vécu prit fin. Est-ce de ce jardin clos que j'essaie à présent de forcer les portes ? De ce ciel que tombent les éclats qui me blessent ? Je me sentis bientôt aspiré vers l'avant, en une accélération qui ne s'est plus relâchée ; et cette course, qui conférait à tout une force brutale, en le décloisonnant transforma mon éden en jungle. Il fallut s'armer.

Une époque arriva, que je n'aurais su nommer mais qui évoque la puberté précoce des quartiers populaires, pendant laquelle un dérapage incompréhensible pour moi se produisit. J'avais jusqu'alors été un écolier parmi les autres, plus frêle sans doute, mais cela sans conséquence sinon quelques hostilités d'une heure dissoutes dans les camaraderies vagues, des noms d'oiseaux à la criée, des bousculades. Puis, par une gradation insensible, celles-ci se transformèrent en acharnement : insultes reprises à l'envi, chasse à l'homme du préau jusque dans les rues, humiliations dans les gymnases, les vestiaires, les toilettes. Pendant près de huit ans, je fus le bouc chargé de vices dont l'ostracisme soude les liens sociaux. Bientôt ces outrages prirent une coloration sexuelle précise : l'on désignait à la rumeur et à la moquerie une tare qui les justifiait et dont en retour ils constituaient la preuve intangible. Sans doute échappai-je de peu au viol ; mais le désir renversé en horreur me contraignit à l'isolement. La pitié fut la seule caresse qui me fût permise. Avec le temps, je devais adopter le *Noli me tangere*, devise des écorchés, inscrite douloureusement dans mes poèmes. Des décennies de soins seraient nécessaires à la cicatrisation de cette lèpre qui ne demande qu'à refleurir ; quant au passé, il est incurable.

Le monde autour de moi devenait illisible. Ma tranquille banlieue était parcourue les soirs d'été par des bandes d'enfants et, plus avant dans la nuit, par des couples de promeneurs – jamais, dirait-on, par cette jeunesse désœuvrée, à la recherche de sensations, qui rôde ou qui inquiète ; où était-elle ? Sans doute n'existait-elle pas pour moi. Parvenu à l'adolescence, j'ai vécu en retrait comme dans une coque. Je n'ai jamais vu mes amis qu'isolément, car leur rassemblement me les rendait presque étrangers : j'exigeais l'abandon, l'effusion, la confidence. Ma répugnance à me mêler fit de cet âge une mue interminable. Les contacts devinrent plus rares à mesure que j'en eus un besoin plus criant. Dans l'atmosphère chargée de phéromones, les filles en nuée tournoyaient autour des garçons comme des phalènes autour d'une lampe ; les sous-sols, les parcs mal éclairés abritaient-ils des scènes orgiaques ? Cette perspective me tourmentait, mais je n'aurais su dire pourquoi. Il m'aurait fallu reconnaître en moi l'appel de trafics louches pour lesquels je ne me sentais pas doué. J'allais devoir patienter, traverser la vallée de larmes, me souiller à la boue du désir, essuyer les rebuffades en tâtonnant à la recherche d'une issue, d'une avenue verticale par où m'extraire – en haut, en bas, au paradis ou en enfer – et mettre fin à l'inconfort affreux de mon âme et de mon corps. À ce cloaque, j'ai voulu échapper par le dressage.

Longtemps je me suis intérieurement apprêté à devenir *vraiment moi-même.* Par des efforts constants à basse fréquence, et qui portaient sur toutes mes attitudes mentales et physiques – langage, démarche, pensée –, je cherchais à me former, à me façonner, à me rendre plus élégant, plus profond, plus dense, et à me soustraire par cette plénitude aux misères de la contingence. Sans me le formuler clairement, je crois que je cherchais à me transformer en modèle ; et comme tel je tentais de me saisir de l'extérieur comme on appréhende une idée : rayonnant sous les yeux d'autrui, j'allais finir par rentrer dans l'éternité dont j'étais par erreur sorti.

Adoptée dans la jeunesse, cette posture *pour l'avenir* ne m'a plus guère quitté. Naguère encore, je me surprenais à noter en moi des traits à développer ou à polir comme, avant un voyage, on choisit avec soin ce qu'on prend avec soi et ce qu'il faut laisser. Mais depuis que la vague qui me portait se désintègre, et que ma barque sur l'estran paraît échouée, une voix s'élève dans ma conscience qui me chuchote que ce n'est plus la peine, *car je suis arrivé* : je n'irai pas plus loin. Est-ce donc qu'il n'y a plus le temps ? ai-je compris une chose qui m'avait échappé ? Je pose mon bagage et je m'observe : voilà ma vie, fuyante, floue. *Je ne serai pas sauvé.*

C'est un constat terrible. Depuis toujours je m'étais préparé comme pour une fête ou un soir de première, j'avais repoussé l'idée que la vie pût s'épuiser dans des errements sans gloire. Le temps devait venir où la formidable dramaturgie prendrait place, où les accessoires mêmes, éclairés d'une lumière justificatrice, révéleraient leur sens nécessaire. Mais le temps passe, et je m'aperçois qu'il n'y aura rien. Comme emballée, l'horloge tourne, l'heure du rideau sonne sans que jamais la rampe s'allume ; je demeure derrière la scène, jeune premier devenu barbon, puis sénile ; demain je serai mort. Il ne se sera rien passé.

Annecy, 2004 – Baldwin Mills, 2017

Achevé d'imprimer en janvier 2019
sur les presses de
l'imprimerie Gauvin

Éd. 01 / Imp. 01
Dépôt légal : 1er trimestre 2019

Imprimé au Canada